D E A R + N O V E L

# 正しい恋の悩み方

渡海奈穂
Naho WATARUMI

新書館ディアプラス文庫

S H I N S H O K A N

# 正しい恋の悩み方

目次

イラストレーション／佐々木久美子

# 正しい恋の悩み方

# 1

淡野《あわの》が店に着いた時には、すでに他のメンバー全員が揃《そろ》っていて、空《から》のジョッキと満杯《まんぱい》のジョッキを店員が交換しているところだった。

「おー、遅いぞカズイ」

赤い顔でニコニコしながら友人が言った。居酒屋のテーブル席についているのは三人。全員スーツを着ているのは、全員同い年の社会人だからだ。

「これでも他の奴らの冷たい目をやっとで振り切って逃げてきたんだ」

ぶっきらぼうに応《こた》えながら、淡野は空《あ》いている席に腰を下ろした。どうせ今さら愛想笑《あいそわら》いをする必要もない集まりだ。

金曜日の夜、チェーン店の居酒屋、個室タイプの座席はほぼ満席。淡野たちのような会社帰りのサラリーマンと、大学生の集団で、賑《にぎ》やかなものだった。

「相変わらずか、カズイの会社も」

向かいに座った友人が、ドリンクのメニューを手渡しながら言うのに、淡野は受け取りながら頷く。

「毎日うちと依頼先を誰か爆破してくれって祈り続けてる。あ、すみません生《なま》」

「おまえが言うと冗談に聞こえないからこえーよ」

そう相槌《あいづち》を打った友人たちは、笑っている。

集まっているのは、高校三年生の時に同じクラスだった腐《くさ》れ縁《えん》のメンバーだ。それぞれ進学先も就職先も違うし、卒業して六年経《た》つのに、こうして月に一度くらい何となく顔を合わせては、近況報告がてら酒を飲んでいる。たまにひとりふたり欠けたり、別の同窓生が混じることもあるが、今日はいつもの固定メンバーが全員揃った状態だった。

淡野万以《かずい》は小さな会社に勤めているプログラマで、残業休日出勤があたりまえという生活を続けているが、大抵は集まりの日時を淡野に合わせて組んでくれているので、まったく顔を出せないということはない。

他の面子《メンツ》がヒマなわけではなく、全員それなりにまともな会社で働いているとはいえ、淡野がとにかく終業時刻が不規則で多忙すぎるというだけだ。

「まあまあ、とりあえず全員揃ったってことで、もう一回かんぱーい」

淡野の分のビールがやってくると、いつも皆に声をかける幹事役の田野坂《たのさか》がそう言って、全員コップを掲《かか》げた。

集まったのは淡野の他に、中学教師の田野坂、旅行代理店に勤める山辺《やまべ》、外資系の商社に勤める尾崎《おざき》の三人。

「カズイ、また痩《や》せたんじゃないのか」

おのおの頼んだ料理をつつきながら近況報告などし合っている中で、淡野の隣に座っていた尾崎敦彦《あつひこ》が、横目でその顔を見て言った。

「頰《ほお》が痩《こ》けてる。不健康そのものだな。ちゃんと自己管理してるのか？」

言いながら頰をつつかれて、淡野は邪魔そうに尾崎の指を片手で払う。

「うるせえよ、女子供じゃあるまいし、いちいち体重の増減なんて気にするか」

「カズイの場合はちょっとは気にした方がいいと思うけど」

「何で」

「あんまり華奢《きゃしゃ》だと、高校生みたいに見えるから」

「……」

淡野が眇《すがめ》で見遣《みや》ると、尾崎はすました顔でビールを口に運んでいる。

「また補導員に捕まっても知らないぞ。二十代も半《なか》ばになったらもう背が伸びる希望もないんだから、せめて肉くらい人並みにつけとけよ」

尾崎が言い切らないうちに、淡野は相手を黙らせるためにその足を蹴《け》りつけた。いや、蹴りつけようとした。

だが尾崎はそれを予測していたかのように涼しい顔でひょいと避《さ》け、淡野は淡野でそのことを見越していたので、蹴りの代わりにドリンクメニューを相手の後頭部に見舞った。

「痛《い》て！」

「自分がちょっとくらいでかいからって偉そうにするな。おまえは本当に感じ悪いな、この固太りが」

腹立ち紛《まぎ》れに淡野は吐き捨てるが、しかし尾崎を太っていると表現するにはあまりにも無理がありすぎることくらい、言ってる淡野にもわかっている。

ここのところとみに忙しくて食事もままならず、まとまった睡眠も取れないせいですっかり痩せてしまった淡野と較べればまあ体重はあるだろうが、どう悪意的に見ても尾崎の体には綺《き》麗《れい》な筋肉はついていても贅肉《ぜいにく》は一切《いっさい》なく、スレンダーとしか表現しようがない。高校三年生で百七十をやっと越えた淡野よりもゆうに十センチは背が高くて、手足も（淡野が評するに）異様に長く、しかし見事なくらい均整《きんせい》が取れている。

おまけに日本人にしては馬鹿馬鹿しいほど（これも淡野の言い分だ）彫《ほ》りが深く、無駄に整った目鼻立ち。

けちのつけようのない美形、挙句《あげく》の果てに学業もスポーツも万能というのだからできすぎだった。尾崎とは家が近くて幼稚園から同じだったという山辺の話では、小学生の頃からそんな感じだったらしい。

努力している素振《そぶ》りも見せず何もかもそつなくこなす様子が気に喰わなくて、高校三年の時から、淡野はひたすら尾崎に誰もつけようのないはずのけちをつけ続けている。

「ああ、最近会社帰りにジムに通い始めたんだよ、筋肉ついてきたのがわかるのか」

尾崎の方は淡野の悪態《あくたい》を笑みで躱《かわ》し、シャツをまくって片腕に浮かんだ力こぶを誇示《こじ》したりしている。

もちろんそれが筋肉のつきづらい自分に対する当てつけだなんて、淡野には百も承知だ。

「へっ、暇人がご苦労なこったな。わざわざ高い金払ってそんなとこ通う奴の気が知れねえわ」

「そりゃいくらこっそり家で腕立て伏せしても腹筋してもちっとも成果の出ないカズイには、そう思えるだろうけどねえ……」

「出てるよ！　多少は出てるだろこの辺とか！」

「え、見えない」

乾杯の直後から舌戦《ぜっせん》を始める淡野と尾崎を、諌《いさ》める人間はこの場にいない。向かいに座ったふたりとも、「まぁた、始まったよ」と呆《あき》れ、優しく無視するばかりだ。

このふたりがこんな調子なのは、今に始まったことではない。高校三年進級時、同じ教室で顔を合わせたその瞬間から延々《えんえん》六年以上こうなのだから、今さら止めるのもアホらしいし疲れるだけだと、周囲の友人たちは思っている。

「ああアホと話してたら疲れてきた。ただでさえ疲れてたのに今日は」

まさに今友人たちが思っていたのとまったく同じことを言いながら、淡野は乱暴に椅子の背もたれに身を預けた。

「何かあったのか？」

淡野の眉間《みけん》に浮かんだ縦皺《たてじわ》を見遣りながら、向かいに座っていた田野坂が訊《たず》ねる。

憮然《ぶぜん》と、淡野は頷いた。

「コンビニで買い物して外出たら、女の店員に追っかけられたから何だと思ったら、彼女はいますかとか聞くから」

「あ、展開読めた……」

「俺も」

訊ねた田野坂と、その隣にいた山辺が小さく顔を顰《しか》めて、尾崎だけが淡野の横でにやにやしている。

「で？」

「で、一分一秒も惜《お》しくて定食屋に行ってるヒマもなかったからコンビニの不味《まず》い弁当で我慢しようって俺に無駄な時間を使わせるのかこの店は、大体まだレジ混んでるのに抜け出すなんて他の客に迷惑だ、と思ったら非常に腹立たしかったから、それをそのまま相手に」

「……言っちゃったのか……」

一斉《いっせい》に注《そそ》がれる友人たちの非難がましい視線を意にも介さず、淡野は椅子に凭《もた》れたままビールを呷《あお》る。

「言って何が悪い、大体何で見ず知らずの女相手にそんな個人情報を教えないといけないのか、謎だね」

「可哀想《かわいそう》に。泣いちゃったんじゃないのか」

「泣くっつーか叫ぶっつーか、道の真ん中でひどいの騙《だま》されただのわめくから、通りすがりのどっかのバカが通報したらしくて。警察に何かしたんじゃないかって疑われるわ、事情話したのに羨《うらや》ましいですねなんぞと嫌味《いやみ》言われるわ、クソ、二度とあのコンビニは使うもんか」

「その店員の子って、どんな子だった？　何歳くらい？　可愛《かわい》い？」

興味津々《しんしん》と訊ねる山辺に、淡野は面倒そうに首を傾《かし》げた。

「さあ、ハタチかそこいらだろ。容姿は普通」

「カズイ的に普通ってことは、結構可愛かったんだろうなあ」

本人にその自覚はないが淡野の審美眼《しんびがん》は厳しく、ブサイクだと貶《けな》さなければ大抵の人の評価は十人並みかそれ以上、普通と言えば上玉《じょうだま》クラス、まあ可愛いと褒《ほ》めるならば芸能人も裸足《はだし》で逃げ出すような美人だ。自分の母親や妹がすこぶるつきの美人だから、きっとそれを見慣れているせいに違いないというのが友人一同の見解。

そして淡野自身もその家族によく似た容貌《ようぼう》の持ち主であるため、こうやって見知らぬ女性に声をかけられることが、昔から珍しくなかった。

「もったいない、ハタチの可愛い女の子と親しくなれるチャンスを。せめてメル友になるくらいでも、殺伐《さつばつ》とした日常に潤《うるお》いが与えられるだろうが」

「そんな時間あったらその分寝るわ」

ただし口調や態度がこのようにぞんざいなので、喋《しゃべ》った時点で「イメージが違う」と相手の憧《あこが》れを打《う》ち砕《くだ》く場合が多い。

「ホント変わんねえよな、おまえ。たしか高三の時もやっただろ、新入生で一番可愛いって評判の子が『淡野先輩の誕生日っていつですか』って教室まで聞きにきて――」

呆れ顔で言った田野坂の言葉を、尾崎が頷きながら受《う》け継《つ》ぎ。

「真顔で『は？　何でそんなことあんたに教えないといけないの？』って答えたんだよな」

「うわあもう最低！　この男最低！　思いやりってもんがない！」

「照れて突慳貪《つっけんどん》なんじゃなくて、本気で不思議そうに聞き返すんだもんなあ」

再び非難囂々《ひなんごうごう》だ。

さすがに淡野も気を悪くして、突き出しの酢《す》の物《もの》をつつきながら鼻の頭に皺を寄せた。

「実際不思議だから質問しただけだろ。他にどう言えってんだよ」

「尾崎先生、淡野君に指導してやってくださいよ」

山辺に言われて、尾崎が頷くとわざとらしく咳払《せきばら》いなどする。

それから、片腕を隣に座る淡野の肩に回し、耳許《みみもと》に唇を寄せた。

「――君は、どうして俺のことを知りたがるの？」

低い声で囁《ささや》かれた瞬間、淡野は箸《はし》を手にしたまま全身を硬直させた。

尾崎は吐息のかかる距離で、さらに言《げん》を継《つ》ぐ。

「俺もそれが知りたいな」

「ギャー！　キモイ！　キモイキモイキモイ！」

淡野は両手で自分の耳を塞《ふさ》ぐと、尾崎の言葉を遮《さえぎ》って悲鳴のような声を上げた。

「おまえ殴るぞマジで！」

「何でだよ」

囁きが止《や》んだのを知ると淡野は片手で間近にある尾崎の顔を押《お》し遣《や》り、尾崎はにやにやしながらそんな淡野の手を押さえる。

「気持ち悪い声出すんじゃねぇ、見ろよこの鳥肌！」

「うわカズイの腕の方が気持ち悪いぞ、何だこの細さ。骨と皮だけじゃない」

「触るな！　っていうか撫《な》でるなキモイ！」

「おーい、おまえらちょっとボリューム落とせって、他の客もいるんだから……」

「うるさいのはカズイだけだろ」

「何だとてめぇ」

宥《なだ》めたのも束《つか》の間《ま》、再び臨戦《りんせん》態勢に入る淡野と尾崎に、山辺たちは諦《あきら》めの溜息を漏《も》らした。

「本当に、高校時代からちっとも成長しねーのなおめーら……」

友人たちの呆れ声になど構わず、淡野と尾崎はそのまま舌戦を続けた。

◇◇◇

「おい尾崎、今日泊めろ」

そろそろ電車もなくなるという時間、ようやく集まりがお開きになった。

会計を田野坂と山辺に任せて店を出た淡野は、道の脇で立ち止まっている尾崎の背中に声をかけた。

「いいけど」

振り返って頷いた尾崎の方へ近づいてみてわかったが、彼の向かいには若いＯＬ風の女性がふたりほど立っていた。雰囲気からして、おそらく尾崎とは面識がない。尾崎が先に店を出てからものの三分と経っていないというのに、もうその容姿に目をつけ、声をかけて来る者があったらしい。

「あっ、そちらお友達ですかあ？」

相手も酒が入っている様子で、女性が淡野を見てはしゃいだ声を上げた。

慎《つつし》みのない女が大嫌いな淡野は、相手を見て露骨《ろこつ》に眉を顰《ひそ》める。

「よかったら、これからカラオケとか、行きませんか？」

尾崎の方へ身を寄せながら女性が言って、尾崎はちらっと淡野を見遣る。

淡野は冷淡にそれを見返してやった。

尾崎は淡野から彼女たちに視線を戻し、困ったように笑って見せている。

「ごめん、もう帰るところだから」

「えー」

不満そうに彼女たちが声を上げた時、店の中から田野坂と山辺が出てきた。

「おーい、会計すんだぞ」

声をかけてきた田野坂たちを見て、女性たちがまた色めき立つ。

「もしかして人数多いから遠慮してるんですか？　あたしたち、四人でも大丈夫ですよ……ねえ？」

片方が連れに目配せして、片方が忍び笑いを漏らしながら頷く。

淡野はうんざりして踵《きびす》を返し、尾崎を放ったまま田野坂たちの方へ向かった。

「何だ尾崎、また捕まってんのか」

尾崎が外を歩いていて、若い女性に声をかけられるのも、淡野よりさらに珍しくない。その上若い女性だけではなく、時には結構な年齢の裕福《ゆうふく》そうな女性に声をかけられたことだって、一度や二度ではないのだ。

淡野からしてみれば『にやにや』としか表現しようのないムカつく笑顔も、女性の目から見れば、お上品で優しく、如才《じょさい》ない雰囲気に映るらしいから不思議だった。

「おー、ふたりとも可愛いじゃん。あ、戻ってきた」

尾崎はどうやら名残惜《なごりお》しく熱い視線を送り続けるOLふたりに別れを告げたらしく、ひとりで淡野たちの方へやってきた。

「何だ、持って帰らないのか？」

嫌味十割で、淡野は訊ねた。この手の誘いを、尾崎が結構な確率で断らずに受けていることは、よく知っている。

尾崎が肩を竦《すく》めた。

「もう若くないから、ふたりもいっぺんに相手する体力ないし」

今より昔、高校生や大学時代にはその体力と経験があったということだ。淡野は胸糞悪《むなくそ》くなって舌打ちした。

「いつか病気になるぞ、おまえ」

「その辺は注意してます。っていうか、カズイが泊まるって言ったんだろ、今日」

「別に鍵さえもらえれば、部屋に用はあってもおまえにはない」

言い捨てて、淡野は道を歩き出した。淡野は家族と一緒に実家住まいだったが、尾崎は大学進学と同時に家を出てひとり暮らしをしている。そのマンションが、淡野家よりも淡野の勤める会社に近い。明日も朝から出勤予定の淡野は、特に家主《やぬし》に了承は取らないまま、今日はそこに泊まろうと勝手に決めて終電ぎりぎりまで飲んでいた。

「あ、カズイ、尾崎んち行くのか。じゃあ俺と山辺地下鉄だから、またな」

田野坂たちは使う路線が違う。彼らと別れて、淡野はJRの駅に向かって歩き出した。

尾崎が隣に並ぶ。ポケットから煙草《たばこ》を取り出して咥《くわ》えようとする尾崎の手から、淡野はそれをぶんどった。

「歩き煙草禁止区域」

あ、そっか、と箱をしまい込む尾崎に、淡野は奪《うば》い取《と》った煙草を押しつけて返す。

それ以降は特に話すこともなくて、黙然《もくねん》と夜道を進む。駅に辿《たど》り着《つ》くと、どうにか最終の電車に乗れた。

「そういやカズイが前の彼女と別れてから、どれくらい経ったっけ」

混み合った終電の中、飲み屋での会話でも思い出したのか、吊革《つりかわ》に摑《つか》まりながらふと尾崎が訊ねた。

その隣で同じく吊革を握り、それにぶら下がるように体重をかけていた淡野は、ほろ酔い加減の頭を小さく傾ける。

「さあ、別れたのっていつだ？　今の会社に入ってすぐだったような、その直前だったような……」

情報処理系の専門学校を卒業してから、淡野は倒産や引き抜きのために、五年間で四回職場を変わった。今の会社に勤め出してからは一年半だ。今までで一番長い。

「今のとこに入ってからは誰ともつき合ってないだろ」

吊革に摑まった自分の腕に頭を預けつつ、淡野は横目で尾崎を見遣る。

「何だよ、覚えてるんじゃねえか」

「訊《き》くうちに思い出したんだよ」

「忙しくて、女どころじゃねえ……」

ぼやくように淡野は言った。今いる小さな会社では、納期《のうき》の短い突発の仕事などがひっきりなしに入ってくる。淡野には仕事以外のことにかまける余裕などなかった。

「ったくそれに引き替えおまえはマメっつーかヒマだよな、これまで何人とつき合ったんだ?」

淡野が初めて会った時から、尾崎はとにかくモテていた。山辺が言うには幼稚園の頃からだ。高校時代は学年の別を問わず、クラスの女子半分が、気になる男子生徒として尾崎の名前を挙《あ》げていたのではないかと思う。文化祭や修学旅行などのイベントの時には、女の子が告白の順番を決めるためにクジを作ったなどというもっともらしい伝説まであった。

そして尾崎は来る者拒《こば》まず去る者追わずを地《じ》でいって、ほぼ半年周期に彼女が代わり、誰かと別れたという噂が流れた直後には別の女の子がその地位に収まっているという寸法《すんぽう》。

今尾崎に特定の彼女がいるかどうか、淡野は知らない。聞いたって、どうせ次に会った時には別の女とつき合ってるだろうから、質問自体が無意味だ。

「さあ、いちいち数えてない」

さらっと、何でもない口調でこんなことを答えるあたり、まったくろくでもないと淡野は思った。

「そこでどうしておまえが不貞腐《ふてくさ》れるのかね」

不機嫌になる淡野の表情に気づいたのか、尾崎が横からその顔を覗き込んだ。顔を近づけるな、と思いつつ、淡野は尾崎を睨《にら》みつける。

「モラルの低い奴が嫌いなんだ。恋愛なら構わないけど、ヤルだけ目当てでつき合う関係も二股《ふたまた》かけるようなクズも腹が立つ」

「二股かけたことはないだろ、俺」

「高校時代と最近はな。大学入った頃のことは知るか」

腐れ縁とはいえども、淡野は高校三年生のある時期からの一年以上、尾崎とまったく顔を合わさなければ連絡も取らない時期があった。

その時期のことはよく知らない。他の友人から、いつも以上に相当な勢いで彼女を取っ替え引っ替えして、行きずりの女も相手にしたらしいことは聞いていたが、そんな話題、詳しく聞きたくなんてなかった。

「ないって。そこまで馬鹿じゃない」

「あっそ。どうでもいいけどな」

実際そう思っているのに、自分の視界の中でちゃらちゃらと女遊びをされるのは、目障《めざわ》りだった。尾崎のそういう軽薄《けいはく》なところが、淡野は昔からどうしても好きになれずにいる。

不興顔《ふきょうがお》の淡野に、尾崎はもう一度肩を竦めただけで、何も言わなかった。淡野が何を気に喰わなくて不機嫌なのか、充分承知していますという態度だった。

そういうスカした態度も、やっぱり淡野の気に喰わない。

気に喰わないのにこうして一緒にいるのは我ながら不思議だったが、嫌なところもあるが他はまあまともだし、何より部屋の利便がいい。要するに利用しているだけだ。

「興味ないから、おまえの乱れた性生活なんて」

などとどうして言い訳めいたことを考えなければならないんだと思ったらまたむかっ腹が立って、淡野は重ねてそう言った。

「何てこと言うんだ」

淡野の呟きに、隣にいた中年サラリーマンが反応して振り返り、尾崎が心外そうに言い返す。

「気軽な相手とずるずるつき合うような真似《まね》はしないし、恋人になった相手とは全員ちゃんと真摯《しんし》におつき合いしてきてるっての。だから今まで一度もこじれたことないだろ」

本人の言うとおり、遊び相手とも別れた相手とも縁が切れず、友人づきあいは続くというのだから、尾崎の女関係については淡野の想像を超えている。

淡野の場合は、大抵淡野の仕事が原因で会う時間が取れず、不満に思った彼女が拗《す》ね始《はじ》め、淡野がそれを面倒がるようになって、最終的には罵《ののし》り合《あ》いの泥沼《どろぬま》で終わる――というパターンだった。いったいどういう魔法を使えば、絶縁《ぜつえん》せずに相手と別れられるのか、淡野には完全な謎だ。

話しているうち、疲れと酒のせいで淡野は眠たくなって、黙り込んだ。尾崎もそれを放っておいて、やがて電車が駅に着く。

集まった居酒屋から乗り換えなしで駅三つ分、駅から歩いてすぐのところに尾崎の住むマンションがある。電車を降りると、淡野と尾崎はだらだら夜道を歩いてそこに辿り着いた。

「あーもう眠い、すぐ寝る」

1DKのマンション、南向きの寝室へと家主より先に入り込み、淡野は歩きながら上着を捨てネクタイを外し、スラックスも脱ぎ捨ててベッドの上に俯《うつぶ》せに倒れ込んだ。

「おい、風呂入らないのか」

それをいちいち拾いながら、尾崎が淡野の背中へ呆れたような声をかける。

「朝入る……七時に起こせよ、明日朝イチで出社して、昼までにデバッグ……」

尾崎に向けていい加減に片手を振って見せ、淡野はもう半分夢の中に沈んでいる。

ああ、尾崎の匂いがするなあ煙草臭《くせ》ェ、などと思いながら、その枕に顔を埋《うず》めた。家主のベッドを占領《せんりょう》したって、罪悪感なんてちっとも湧《わ》き起《お》こらない。どうせ尾崎はいつもどおり、ソファで寝るはずだ。

『本当おまえら、仲いいんだか悪いんだかわかんねえよなあ』

たびたび友人たちに言われる言葉を、淡野は目を瞑《つむ》りながら何となく思い出した。

いやいや仲は悪い、尾崎は人の顔を見ればあれこれつまらない揶揄《やゆ》を口にするから腹が立つし、それに軟弱《なんじゃく》な色男風の容姿も、言動も、最初に出会った時からどうやっても虫が好かない――

「もう寝言言ってんのか？　人のベッド使うなら、靴下くらい脱げっての」

誰かが勝手に靴下を引っ張って脱がす感触がする。

淡野は気持ちよく、他人のベッドで深い眠りに落ちた。

◇◇◇

尾崎は律儀《りちぎ》にも七時ぴったりに淡野を起こし、淡野は尾崎の部屋から会社に向かった。

「淡野センパーイ、ここしつこくビルドエラー出るんですけど何でです？」

出社するなりすぐ自分の机、自分のパソコンに向かって作業に没頭《ぼっとう》していた淡野は、気軽に肩をつつかれてイライラしながら隣の座席を見遣った。

「何でだか調べて修正すんのがおまえの仕事だろうよ」

今朝からこれで、三回目だ。今はまだ午前中。

視線を向けた先には、本当に脳味噌《のうみそ》入ってるのかこいつには……と淡野が疑いたくなるような、ご機嫌《きげん》そうな笑顔がある。

「だって調べたんだけどわからないんですもん。欠陥《けっかん》あるもの納品《のうひん》したら、困るのはウチの会社でしょ？」

悪怯《わるび》れず、明るく言うのは、今日付で入社した吉村《よしむら》だ。

「マニュアル読め、向こうに積んであるから」

淡野は自分の仕事で手一杯だった。同じ課にいるのは淡野と吉村の他に男性社員があと三人。ひとりいる女子社員は事務と雑用担当で、プログラミングはしない。つい先月までは他にふたり優秀なプログラマがいたが、ひとりはもっと大きな会社に引き抜かれ、ひとりは過労で入院したあと出社拒否症になって結局辞めた。今は淡野が課の最古参《さいこさん》で、一番仕事ができて、一番仕事を抱《かか》えている。

大学卒業後就業経験のないド新人の面倒など、一から見ている余裕はなかった。

「そもそもおまえ、プログラミング得意だってんで面接受かったんだろ。VBとC++とJAVAひととおりできるって聞いたけど」

「やりましたよ、ひととおり。スクールの講座で二週間」

「得意ってのは」

「面接の常套句《じょうとうく》でしょ？　俺専攻アジア史ですよ」

ようするに、スクールでプログラミング言語の表面を『ひととおり』触っただけで、どれもマスターするまでには至っていないらしい。たかが二週間学校に通っただけでプログラマが養成できるなら、この業界、人手不足なんて発生するはずがない。淡野は頭が痛くなってきた。

「足りない分は研修中に覚えようと思ってたんだけど」

「バカ、うちみたいな会社で研修なんかあるかよ。即戦力《そくせんりょく》が欲しくて求人かけたのに」

人手不足に耐えかねて、渋《しぶ》る社長にスタッフの増員《ぞういん》をねじ込んだのは淡野だ。そこそこ有名私大卒、非《ひ》の打ち所がない履歴書《りれきしょ》、自信に満ちあふれた態度と自己アピールを鵜《う》呑《の》みにして、社長が即決した。

何でもいいからすぐに働けるのが欲しくてごり押ししたのが間違いだったと、淡野は今朝から延々《えんえん》後悔し続けている。

大体今は六月、吉村は新卒なのに、こんな時期に就職活動をする人間を採用する社長がトロすぎると、淡野は内心で毒を吐く。

「大丈夫、教えてくれたら覚えます。俺、やればできる子っすから」

この期《ご》に及んでも、吉村は自信に満ちあふれていた。

「つか淡野さんすごいですよねえ、さっきからものすごい勢いでキーボード叩いてるの。パソコン壊れませんか?」

「壊れるかよ」

答える間にも、淡野は吉村から再びモニタに目を戻し、必要な作業を続けている。

「かっこいいですよねー、IT戦士って。頭よさそうだし」

吉村はなぜか、椅子ごと淡野の方へ向き直り、モニタをみつめる横顔をうっとり眺めだした。

「人のこと見てないで手を動かせ」

「淡野さんってすげぇ綺麗な顔してますよね。俺正直、ネットとかパソコンとか触ってるのって暗くてキモいオタクばっかかと思ってたから、この会社来て驚いたんですよー」

淡野の吐き捨てるような注意も気に留めない様子で、吉村は喋《しゃ》るのを止めない。

淡野が吉村にイライラするのは、朝、顔を合わせた時から相手がこの調子だからだ。

「事務の作田《さくた》さんも可愛いし。そうだ今日歓迎会してくださいよ、俺の。作田さんも誘って。他の人はいらないんだけど、まあ男は多めに参加費取って、ちょっといい居酒屋とかで」

言いたいことは山ほどあったが、言うだけ時間の無駄なのは目に見えていたので、淡野はとりあえず吉村のうしろ頭を掌《てのひら》で殴《なぐ》った。

「痛《い》って！　何すんですか、ひっでぇなあ」

「いいか、おまえは昼まで一切口を開くな。そんであっちのマニュアル読め。昼休みになったら飯は喰っていい、喰いながらマニュアル読め。読み終えろ。読むだけじゃなく理解しろ。最後まで読んでそれでもわからないことがあったら、聞きたいことを紙に箇条書《かじょうが》きして持って来い。その分だけ答えてやる」

「えー、何でですか、もっと話しましょうよ」

吉村はしつこく淡野に話しかけてきたが、淡野はその一切合切《いっさいがっさい》を無視した。

返事がないのに喋り続けていることに飽《あ》きたのか、十分くらい経ってから、吉村がようやく諦めたように立ち上がる。やっとマニュアルを読む気になったのか——と淡野がこっそり見遣ると、吉村は事務の女子社員の席へ向かっていた。

「吉村ァ！」

「あっ、はーい」

思わず怒鳴《どな》りつけると、語尾にハートマークがつきそうな勢いの声が返ってくる。

淡野はもう一度吉村を殴りつけるため、机の上にあった資料の束《たば》を丸めて掴んだ。

◇◇◇

「——で、この半月その調子で、こっちの神経が保《も》たねえっつーか」

自棄《やけ》気味にビールを呷った淡野に、向かいに座っていた山辺が妙にしみじみした風情《ふぜい》で頷いた。

「カズイをここまで弱らせるって、その吉村って新人、すごいな」

「バカ、何感心してんだよ。こっちの身にもなってみろ、ただでさえ他の奴より案件《あんけん》抱えてるのに、あのクソガキが人にまとわりつくもんだから教育係まで任されて、ああもう時間がいくらあっても足りねえ！」

「でも飲みには来るんだな」

やはり感じ入ったように言った田野坂を、淡野はじろりと睨《ね》めつけた。

「誰のために来てやったと思ってるんだよ」

「いや俺のためですよね、すみません、感謝しております」

テーブルに両手をついて、田野坂が淡野に向かい、深々と頭を下げる。

いつもの居酒屋、いつもの腐れ縁メンバーに、今日はプラス三名という結構な人数が集まった。田野坂が、大学時代からつき合っている彼女と結婚を決めたという、その報告がメインだ。

大事な話があると友人に言われて、多忙を理由に断る淡野ではない。

ただし田野坂からの報告と乾杯の連続や結婚式に関する説明などは一時間もすればすんだので、あとはこの二週間で溜まりに溜まった鬱憤《うっぷん》を晴らしてやることにして、さっきから飲みまくっていた。

「おいカズイ、ちょっとペース早いぞ、明日も出勤なんだろ」

横から、諫めるように尾崎が言った。そう言えばこいつは昔っからこういう場で必ず俺の隣に座るんだよな、と淡野は今さらどうでもいいことに気づく。

「そう、明日も出勤なの、今日土曜なのに明日も朝から！　これも吉村のバカのせいだ、結局あいつの担当分も俺が抱えることになって、もう連続二十勤だぞ。そのうち半分は泊まり込みだぞ。殺す気かあの会社は俺を、クソッ、厚生《こうせい》労働省に訴《うった》えてやる！」

「まあまあまあ、抑えろって淡野、めでたい場なんだからさ」

尾崎とは反対隣から、これも元同級生、いつもの四人の他ではこういう集まりの出席率が一番高い栗林《くりばやし》が口を挟《はさ》み、空になった淡野のグラスにビールを注《つ》ぐ。

「お、そうか。ごめんな田野坂」

「いや俺はいいんだけどさ、カズイの仕事が大変なの知ってるし。愚痴《ぐち》聞くことしかできなくてむしろ申し訳ないっつーか」

「仕事はいいんだ仕事は好きでやってんだから、ただ吉村が――」

「っていうかカズイ、口でボロカス言いながら、その吉村って奴のこと、結構気に入ってるだろ？」

だがせっかく栗林が注いでくれたビールのグラスを、尾崎に取り上げられてしまう。

そのグラスを取り返しながら、淡野は尾崎を一瞥《いちべつ》した。

「はあー？」

「気に入らなけりゃ、わざわざ自分の手間増やしてまで相手の面倒見ないだろうし、おまえ。たとえ社長命令だったとしても」

「――ふん。ここで鍛《きた》えとけば、のちのち俺が楽になる。効率《こうりつ》の問題だ」

淡野は憮然として尾崎に答えた。

たしかに見捨てるほど嫌ではないし、一度教えたことはきっちり覚える辺りはまあ見込みがあると思う。

ただそもそも覚えていることが少なすぎたし、それに、とにかく性格が鬱陶《うっとう》しいのだ。

「人の顔見りゃメシだ飲みだ誘ってくるし、挙句《あげく》『俺、淡野さんだったら男でも大丈夫です』とか吐《ぬ》かしやがるし。アホなこと言う前に、構文のひとつも覚えろっての」

「ああ、気に入られちゃったんだ。おまえよく変なのに好かれるよな、昔っから」

栗林が気の毒そうに言う。まったくだと淡野は頷いた。

尾崎が若い女性以外に好かれるのが有閑《ゆうかん》マダムなら、淡野の場合は変にこまっしゃくれた小中学生か、あるいは同じ男からだった。理由は淡野自身にもよくわからない。ただとにかく、昔っから遙か年下と同性には受けがよく、恋愛感情を挟まなくても、やたら気に入られることがあった。

そして往々《おうおう》にしてそういう相手は変人で、淡野は振り回されないまでも、面倒な気分を味わう羽目《はめ》になる。

「気をつけろよ、言《い》い募《つの》られてほだされたりしないだろうな、おまえ妙に情にもろいところあるし」

諫めるように尾崎に言われて、淡野はかちんとくる。

「ご心配いただかなくても、俺はどこぞの誰かさんと違って、身持ちが堅いもんでね。油断するほど間抜けでもないし」

「その手の奴は、思い詰めて何するかわからないんだぞ」

「うるせえな、何かされる前に殴って逃げるっての。子供じゃないんだからそこまで心配するなよ、おまえは俺のお母さんか」

うんざりして吐き捨てた淡野に、尾崎は何だか妙な顔をして黙り込んだ。

一応こっちを思っての忠告なんだろうから、言い過ぎただろうか——と多少は反省してはみるものの、淡野はそれを口に出すほど素直なわけでもない。

「まあ吉村のことはいいんだ、愚痴ってスッキリしたから。聞いてくれてどーも」

淡野が頭を下げると、尾崎とのやりとりを見ていた栗林たちが、ほっとしたように笑って頷く。

田野坂と山辺は、いつものことなので淡野たちなど放っておいて、田野坂の結婚についての話題を続けていたが。

「ほら尾崎も、飲めよ」

半分くらい飲んだまま減っていない尾崎のグラスに、淡野はビールを注ぎ足してやった。尾崎は苦笑気味に頷いて、ビールを口に運んでいる。

いつものにやにやに、今日はどうも覇気《はき》が足りない気がして、淡野は怪訝《けげん》な気分で尾崎の顔を見遣った。

「何だおまえ、具合でも悪いのか？」

「いや、別に？　何で」

だが淡野が訊ねると、不思議そうに問い返すだけだ。

まあいいかと、淡野は気にせずビールを飲んだ。周囲の話題はまた田野坂の結婚話に移り、盛り上がって、何度目かの乾杯になる。

吐き出すだけ吐き出したら吉村への苛立《いらだ》ちも忘れて、淡野は次々ビールを口に運んでは、友人たちと一緒にいいだけ酔っぱらった。

◇◇◇

あっちこっちに手足がぶつかる感触がしたが、不思議と痛みは感じない。

淡野は何だかとても気分がよくて、さっきからひとりで笑い声を上げていた。

笑っている、という自覚もないが。

「おいカズイ、もう夜中なんだから、あんま大きな声出すなって」

尾崎の声に叱られても、また笑いが漏れる。

「まあまあ、いいじゃんいいじゃん」

「何がだよ。ほら靴脱げ、土足《どそく》で上がるなよ人んちに」

「はいはい……」

ぐんにゃりした体を誰かが支えている。誰かといっても尾崎しかいない気がするから、支えているのは尾崎だろう。さっき尾崎がドアを開けて中に入ったような。だからここは尾崎の部屋の玄関。

「おまえなあ、だからあれほど飲み過ぎだと――」

咎める声は、最後の方には諦めの調子になって、溜息で消えた。足許から靴が脱がされる感覚。そばにあるもの――多分尾崎の体に自分の体重を気持ちよく預けながら、淡野は目を閉じた。

「ちょっとは自分で歩く努力を、しろ、っての」

ぶつくさと小声が聞こえるので、おもしろくなって淡野はまた笑った。短い廊下を引《ひ》き摺《ず》られて、途中のドアにぶつかりながら、暗い部屋に連れていかれる。担《かつ》がれていた腕を下ろされると、支えるものがなくなるが、落ちる痛みは感じない。どさっと、弾力《だんりょく》のあるものの上に放り出された。ベッドか。

床に落ちたままの両足を抱えられて、それもベッドに乗せられる。仰向《あおむ》けにひっくり返りながら、淡野はまた口を開いた。

「水持ってこい」

「命令かよ」

もう一度、呆れたような溜息。だがすぐに人の気配がそばから消える。

それが同じ場所に戻ってくるまでの短い間に、淡野は急激な眠気に襲われてずぶずぶと眠りの中に潜《もぐ》り込《こ》みかけた。

「ほら水。……って、寝てんのか……」

尾崎の声が遙か遠くに聞こえる。眠たい。だが水は飲みたい。飲ませろ、と言おうとした声が言葉にならず、意味不明の呻《うめ》きになった。

「……うー……」

「……」

呼びかけたつもりなのに、返事がない。尾崎のくせに俺を無視するとは何ごとだ、と言おうとしたもののやっぱり言葉にならない。

返事はないのに、気配だけはそこに残っている。淡野は眠気に勝《まさ》ってその気配が妙に気になり、落ち着いて寝ることができず、また呻いた。

「——カズイ」

ずいぶん間があった後に、ぽつりと、変な響きの尾崎の声が淡野の耳に届いた。

何だ、と答えようとしたのに、今度は、先刻までとは違う理由で言葉が出なかった。

「……？」

口が、塞《ふさ》がれている。

堅いのに、微妙な弾力があって、そして温かい感触の何かが、唇に当たっていて動かすことができない。

「ん……?」

息苦しくて、淡野は少し身を捩《よじ》った。大した抵抗にはならず、口を塞ぐものを排除することはできなかった。

温かいものは、唇をついばむようにゆっくりと動いた。

その感触が気持ちよくて、それが離れるタイミングで息を吸い、漏らしながら、淡野はしばらくされるままになった。

こういう感触を、淡野は知っている気がする。

ただ心地よくそれに身を任せているうち、不意に、今度は濡れたものに唇を撫でられた。

「……んっ」

ほんのわずかに淡野は体を揺らし、眉を寄せた。

やっぱりこれが何なのか、知っている。

うまく働かない思考よりも、感触で、淡野は今自分がキスされているのだと把握《はあく》した。そして一気に頭を支配したのは盛大《せいだい》なクエスチョンマーク。

何なんだ、と思いながら重たい瞼《まぶた》を無理矢理開けると、おぼろげな視界に映ったのは黒い影

だけだった。

淡野が目を開いたのに気づいたのか、ハッとしたように、唇から唇が離れた。

「……おざき?」

これも考えるよりも、口が勝手に動いた。離れたせいで尾崎の顔がやっと見えたが、それより先に声が出たので、呼びかけは疑問形になった。

まあ尾崎の家で尾崎しかいないのに尾崎の他に俺にキスする奴もいないだろう。

それだけ自分で納得して、淡野はまた急激に訪《おとず》れた眠気に負けた。

フッと、ろうそくの火が消えるみたいに、淡野はそのまま目を閉じ直して眠ってしまった。

# 2

どうして宿酔《ふつかよ》いになるとわかっていても飲んでしまうのか。

毎度訪《おとず》れる頭痛と吐き気に苛立《いらだ》ちながら、淡野《あわの》はベッドの上で目を覚ました。

「痛《い》ってェ……」

叫んでやりたかったが、そんなことをすれば痛む頭に響くだけだと、経験上わかっていたので囁くような声で漏《も》らすだけにしておく。

「あー、くそー、痛《いて》えー」

仰向《あおむ》けになっていた体を、極力静かに俯《うつぶ》せに変えて、頭を動かさないように気をつけながら、ベッドの上に身を起こす。

きつく顔を顰《しか》めながら目を開けた時、視界に入ったのは自分のものではない枕だった。

ああそうかゆうべはまた尾崎《おざき》の部屋に泊まったのか、と思い出しながら、淡野は自分のこめかみを拳《こぶし》でぐりぐりと押した。

「尾崎、水持ってこい」

大きな声は出せないまま、囁き声で淡野は命じる。命じながらサイドボードに何気なく目を遣《や》り、そしてそのまま、思わずベッドからずり落ちそうになった。

「な……ッ」

大声を出しかけ、ズシンと頭に響いた痛みに、慌ててそれを引っ込める。

目に入ったデジタル時計は、信じがたい時間を示していた。十一時三十二分。淡野の会社はフレックスではない。

「てめっ、尾崎、何で起こさな——あ、今日、日曜か」

低い声で悪態《あくたい》をつきながら、淡野は辛《かろ》うじて曜日を思い出し、胸を撫《な》で下《お》ろした。出勤予定だが、休日なので昼からでも文句を言われる筋合《すじあ》いはない。その分帰りは遅くなるだろうが。

「ったく聞いてんのかよ尾崎……」

それにしたって、さっきから家主《やぬし》の返事がないことに腹を立てながら、淡野はゆっくりベッドから隣の部屋を振り返った。寝室と隣のダイニングは引き戸で区切られているが、いつもその戸は開け放たれている。

振り返ったら、淡野の視界には、ダイニングのソファで寝てるか新聞でも読んでるかの尾崎の姿が入るはずだ。

「あ？」

だが部屋は空《から》っぽだった。

ソファには毛布が一枚丁寧《ていねい》に畳《たた》んで置かれ、その上にはおそらく尾崎がゆうべ使ったのであろうパジャマ代わりのジャージ。それだけ。

「何だ、買い物でも行ってんのかよ」

まったく気が利《き》かない、俺が起きたらすばやく冷たい水を差し出して、すぐにメシを喰える用意くらいしておくべきだと、極《きわ》めて利己的《りこてき》な憤《いきどお》りを覚えながら、淡野は尾崎のベッドを降りた。

ダイニングに足を踏み入れると、ソファの前のテーブルには、タオルと新しい靴下とキーホルダーひとつついていない鍵が置かれてあった。

そしてその隣に、一枚の紙片《しへん》。

淡野はまず鍵を手に取って、首を傾《かし》げながら、その紙切れを見下ろした。

『鍵を閉めたら新聞受けから中に入れておいてください。冷蔵庫の中身は好きに食べていい』

尾崎の書き置きだ。すました外面《そとづら》に似合わず案外字が汚い。異常に右肩上がりの癖字《くせじ》だった。

『ゆうべはすまなかった。もう二度としない。というかもう二度とカズイと顔を合わせないようにする。全部忘れてくれ』

「……何のこっちゃ」

尾崎敦彦《あつひこ》、と几帳面《きちょうめん》に署名《しょめい》された紙切れを、淡野は手に取って、窓の明かりにすかしてみた。

何度読んでもそれ以上のことは書いていない。

ゆうべとは何だ、と少し考えて、淡野はすぐに思い至った。そういえばゆうべ、尾崎にキスされた気がする。

しかもやたらねちこいやつを。

「顔を合わせないようにする、ったって」

宿酔いのせいでまだうまく働かない頭で考えてはみるが、どうも文脈が摑《つか》めない。特に「というか」の意味がわからない。

酔っぱらってキスくらい、これまで別の友達や同僚にもされたことがある。されてもまったく嬉しくはないが、本気で怒ることでもない。

なのにたかがそんな程度のことで、尾崎が何のためにこんな大袈裟《おおげさ》な書き置きを残しているのか、さっぱり理解できない。

手紙を眺めながら首を捻《ひね》っていた淡野は、唐突に聞こえた大きなベルの音に悲鳴を上げかけた。寝室の床に落ちていた淡野の携帯電話の着信音だ。面倒くさいので初期設定のまま、黒電話の音にしてあって、それが頭に響いた。

一瞬、尾崎か、と思いながら携帯電話を取り上げた淡野は、液晶画面に出ている『吉村《よしむら》』という名前に、何だか脱力した。

「何だよ」

出るなり一言そう言うと、わざとらしい泣き声が電話の向こうから聞こえてくる。

『もー淡野さん何やってんすかあ、早く会社来てくださいよー。淡野さんいないと俺仕事できないんですよ、他の人たち俺が話しかけても無視するし、社内いじめですよ。パワハラですよ。訴《うった》えちゃいますよもう』

淡野は無言で電話を切った。

それからすぐにアドレス帳を呼び出して、尾崎の携帯電話番号を選択する。

『この電話番号からの電話は、お受けできません』

繋《つな》がった、と思った途端、そんな事務的な女性の声がした。

「……はあ？」

もう一度かけてみたが、やっぱり同じ結果に終わった。

メールを出してみても返事は来ない。いつもなら、就業《しゅうぎょう》時間以外、淡野がちょっと薄気味悪く思うくらい速攻で返信があるのに。

「だから、何なんだよ」

尾崎が何をしたいのかわからなくて腹が立ったが、とにかく会社に行かないとと思って、淡野は不機嫌に支度《したく》を始めた。

◇◇◇

会社の回線を使って電話をかけてみても、留守番電話に切り替わるだけで、やはり尾崎と話はできなかった。

メールの返事もまだ来ない。半《なか》ばいやがらせ的、立て続けに「返事しろ」「馬鹿」など十通くらい送ってみたが、まったく反応はなかった。

着信拒否、という単語が頭に浮かぶ。着信拒否。携帯電話を持って長いが、淡野はこれまでその設定にしたことも、されたこともない。

「おい、吉村」

「はい？」

表情だけはまじめにモニタを睨《にら》んでいた吉村の耳に、淡野は有無《うむ》を言わせず自分の携帯電話を当てた。

『この電話番号からの電話は、お受けできません』

「うわっ、痛い、心が痛い！」

吉村が悲鳴を上げた。

「何すんですかいきなり、そんな心臓を抉《えぐ》るようなメッセージ聞かせて！」

「これって着信拒否か？」

「ですよ、どう聞いたってそうですよ。うわぁ泣けてきた」

大袈裟《おおげさ》に両手で顔を覆《おお》う割に、大して深刻でもなさそうな声音《こわね》で言ってから、今度は興味津々《しんしん》といった表情になって吉村が淡野のことを振り返った。

「淡野さん、彼女にフラれちゃったんですか？」

「そういうことを嬉々《きき》とした表情で聞くなバカ。彼女じゃねえ」

「着信拒否までされちゃったら、ちょっともうダメですね。諦《あきら》めるしかないですね。未練あったら電話に出て『もう電話してこないで』って言うから、そうなったらつけ込む隙《すき》はいくらでもあるんですけど。俺だって二度と話したくない女は完全拒否りますし」

「したことねえぞ、俺、着信拒否なんて」

相手が彼女ではないという淡野の言葉は、吉村の耳を素通りしているらしい。

これまでどんなに恋人との関係が縺《もつ》れても、電話を無視したり居留守を使ったり、ましてや着信拒否なんて淡野がしたことはない。もちろん、友人関係が縺れてそうしたこともない。

どういうつもりかは知らないが、尾崎が一方的に自分との接触を断《た》とうとしていることにむかっ腹を立てながら、淡野は休日の仕事を終わらせた。

月曜日になっても、火曜日になっても尾崎とは連絡が取れなかった。

痺《しび》れを切らして、淡野は水曜日の昼の休 憩時《きゅうけいどき》を見計《みはか》らい、尾崎と一番親しいであろう山辺《やまべ》の携帯に電話をかけてみた。山辺はすぐに電話に出た。

『え、敦彦？　いや、こないだ皆《みんな》で会ってから、特に連絡取ってないけど』

尾崎はどうしているのかと訊《たず》ねた淡野に、山辺がそう応《こた》える。

『敦彦と連絡取れるかって、何、あいつ携帯通じないのか？』

「通じないっていうか、着信拒否されてる」

『はあ？』

電話の向こうで、山辺がひどく驚いた声を出した。

『おまえら、もしかしてまたケンカしたのかよ？』

「またとか言われる筋合いはない」

『またじゃんよ』

山辺の声音は、呆《あき》れた者のそれになっている。

『でも着信拒否ってなあ。あいつが電話代払い忘れて止まってるとかってオチじゃねえの？』

「会社の奴に聞いたら、かかってるアナウンスは着信拒否の設定だってよ」

『ちょっと待ってろ』

山辺はいったん電話を切って、数分経ってから折り返し淡野の携帯にかけ直してきた。

『留守電にはなったけど、着信拒否はされてねえぞ俺』

「……」

『ええっと、とりあえずカズイに電話入れるようにメッセージ入れといたから。気づいたらかかってくるだろ』

励《はげ》ますように山辺に言われて、淡野はついムッとする。

「別に拒否されて落ち込んでるとかじゃねえぞ。ムカついてはいるけど」

『まあまあ、何があったか知らないけど、どうせいつものしょーもない口げんかが原因なんだろ？　そのうち敦彦も機嫌直して元どおりになるって。――あ、ゴメン、俺そろそろ休憩終わるわ』

「ああ、悪かったな」

山辺との電話を切り、思いついて新着メールの問い合わせをしてみても尾崎からの連絡がないことに舌打ちして、淡野は乱暴に携帯電話を畳《たた》んでポケットに押し込んだ。

やはり尾崎は意図的《いとてき》に自分だけを避《さ》けている。

「尾崎のくせに、生意気な……」

呟きつつ、淡野はふと、高校時代にもこんなことがあったのを思い出した。

二学期の終わりまで、『しょーもない口げんか』をしつつも、尾崎や田野坂《たのさか》たちクラスメイトとは毎日楽しくやっていた。

淡野たちが通っていたのは私立の進学校、しかもクラスは進学コースで、教室は受験ムード一色だったけれど、休み時間には無駄話に興《きょう》じたし、休日のちょっとした時間を息抜きのために出かけたりした。

淡野と尾崎は予備校のクラスが一緒だったこともあって、自然と休憩時間や行き帰りも一緒になった。尾崎は今と同じくスカした野郎だと呆れることもあったが、それを相手に軽口《かるくち》や悪口の応酬《おうしゅう》をするのは、受験勉強のストレス発散《はっさん》になって、結局は楽しかった。

その状況が一変《いっぺん》したのは、センター試験の直前に、淡野の父親が急な事故で他界《たかい》した時だ。完全に相手の過失《かしつ》だったから結構な額の慰謝料《いしゃりょう》をもらったし、生命保険金も入ってきたが、買ったばかりの家のローンは残っているし、母親は一度も働いたことのない専業主婦、淡野の下には年の離れた弟と妹がいる。

放心している母親に代わって葬儀《そうぎ》や事後処理を切り盛りしながら、淡野は、大学進学を諦《あきら》めて一年制の専門学校に入り、なるべく早く就職することを決めた。

自分の家族の訃報《ふほう》に、友人たちも動揺し、葬儀や自分を慰《なぐさ》めるために時間を取ってしまったことをすまなく思って、淡野は進路を変えたことを、センター試験が終わるまで誰にも言わずにいた。

そして後になって淡野が自分の決意を告げた時、ほとんどの友人たちはその境遇に同情して励ましたのに、唯一《ゆいいつ》、尾崎だけが激怒《げきど》して淡野に喰ってかかった。

『その気になったら今からだって奨学金《しょうがくきん》だろうが、アルバイトして学費稼《かせ》ごうができるのに、何でだよ』

尾崎からはいつもの笑いが消えて、周囲の友人たちも淡野も驚くくらいの形相《ぎょうそう》だった。

『どっちにしろ進もうと思ってた方に就職するために、手っ取《てと》り早《ばや》い道選んだんだ。数年早まったとこで大した変わりもないだろ』

『変わりがないなら大学行ってもいいだろ。おまえ何のために今まで勉強してきたんだよ、人に相談もしないで、簡単に、勝手にそんなこと決めて』

簡単に、と言われたことに、淡野は憤《いきどお》ったし傷ついた。

多分今だったら、尾崎だって悪気があって言ったわけじゃないし、自分を心配したり、なのに一言もなく大事なことを決めてしまったのを水くさいと思って怒っていたのだと、淡野にだってわかる。

でも淡野はその時、急すぎる父親の死に動揺していて、自分なりに必死に考えて決めたことを真《ま》っ向《こう》から否定された気がして、どうしようもなく腹が立った。泣きそうにもなった。

『今からでも遅くないんだ、もっとちゃんと先生とかおばさんと話し合って――』

『そんなの、尾崎に言われる筋合いねえよ。関係ないだろ』

苛立ちに任せてそう吐き捨てた瞬間、こんなにも目に見えて人の表情が強張《こわば》ることがあるのだと、淡野は初めて知った。

『お、おい、カズイ、それはちょっと』

教室で、ハラハラしながら淡野と尾崎のやりとりを見ていた田野坂たちが、慌てて淡野を諫《いさ》めた。

だが淡野は引っ込みがつかなくなっていたし、そして尾崎の方も、一緒だったらしい。

『――ああ、そうかよ。じゃあ二度とおまえのことに口出しなんかしねえよ』

そう言ったきり、尾崎はそれから一年間、本当に一言も淡野と言葉を交わそうとしなかった。

一年経った頃、淡野が無事専門学校の卒業と就職先を決めた祝いの席を田野坂たちが設《もう》けてくれて、その席に久し振りに見る尾崎がいた。

淡野も尾崎も、特別高校時代のことを謝り合うこともなく、事情を知らない人が見れば一年間のブランクがあるなどわからないくらい、あたりまえのように、また軽口を叩いたり小突《こづ》き合ったりする関係に戻った。

そのままま今日まで、腐《くさ》れ縁《えん》の同級生らしくつき合ってきたというのに。

「普段ヘラヘラしてるくせに、何でいきなりああ意固地《いこじ》になるんだか……」

あの時も、どうして尾崎があそこまで怒ったのか淡野には未《いま》だにわからないし、今尾崎がこうまで自分を避ける理由も、やっぱり見当がつかない。

「……絶対とっ捕《つか》まえて、理由吐かせて、謝らせてやる」

淡野は吐き捨てるように、ひとり呟いた。

◇◇◇

電話が通じなくて、メールの返事も来ないのならば、あとはもう相手の会社か家に押しかけるしかない。

会社は最終手段に取っておいて、淡野は尾崎と連絡が取れなくなってから四日目の木曜日、仕事を無理矢理九時で切り上げると尾崎の住むマンションへ向かった。

マンションは生意気にもセキュリティが万全で、エントランスの外にあるインタホンで相手を呼び出し、電子錠《でんしじょう》を開けてもらわないことには建物の中にも入れない。淡野は尾崎の部屋番号を選んで何度か呼び出しボタンを押したが、返事はなかった。

居留守を使われているのかとも思ったが、たしかこの造りだと、相手がいったん呼び出しに応じなければ誰がインタホンの向こうにいるかはわからないはずだ。まだ会社から戻っていないのだと淡野は判断する。

淡野ほどではないが、尾崎の仕事も忙しいらしかった。今日も残業なのだろう。

わざわざ仕事を頼りない吉村に押しつけてまで会社を抜けてきたのだから、このまま帰るのも口惜《くや》しい。淡野はしばらくその場で尾崎の帰りを待つことにした。

そして幸運にもそれから大した時間を過ごすことなく、尾崎が道の向こうからやってきた。

何だか難しい顔で夜道を歩いてきた尾崎は、ギリギリまでマンションの入り口前に立つ淡野の存在には気づかなかったらしく、淡野が目の前に現れたのを見て目を剝《む》いて驚いていた。

「うわっ」

「遅《おせ》ェよ」

一歩後退《あとず》さった相手の顔を、淡野は睨みつけた。

「カズイ……」

「てめぇ、どういうつもりだ。こそこそ着信拒否とかして、メールも返さないで、ガキのケンカじゃねえんだから、気に喰わないことがあるなら面と向かって言えよ」

挨拶《あいさつ》も前置きもなくそう詰問《きつもん》する淡野に、尾崎は割合すぐ平静を取り戻した様子になり、かすかな苦笑を漏らした。

「ああ、まあ、多分きっとカズイはそう言うだろうと思ってたよ」

「はあ？」

また笑っている尾崎が、淡野の気に喰わなかった。

笑っているのに、いつものにやにや笑いじゃない。へらへらもしていない。

何かをとても諦め尽くしたような、そういう表情で、その投げやりさに淡野はとても嫌な気分を味わった。

嫌な——言い換えれば、不安、というのか。

「想像どおりのこと言われて、完全に諦めがついた。カズイは、どうして俺が逃げ回ってるのかなんて、わかろうともしないんだよな」

「どうしてって、だからそれを聞きに来てやったんだろうが」

「寝てたわけじゃないんだろ」

「は？」

笑ったままの尾崎の顔を見ながら、淡野は力一杯眉を顰《ひそ》めた。

今すぐ、ぶん殴ってでもその表情を壊してやりたかったが、何となく、殴っても罵《ののし》っても尾崎のその表情は消えない気がした。

「俺がカズイの寝込み襲ってキスしたの、わかってるんだろ？」

「——まあ、半分寝てたけど、覚えてる。それがどうしたんだよ」

ふっと、尾崎がさらに笑顔を作った。

淡野はますます嫌な気分になる。

「ふざけて襲って俺が怒るだろうって、逃げ回ってたのか？　その場合、俺が責められるようなこと言われてる意味がわかんねえよ」

「責めてるわけないだろ」

「じゃあその気色悪いツラやめろ。自分が悪いと思うなら謝りゃいいだろ、それでネチネチ怒るほど狭量《きょうりょう》じゃねえぞ俺は。謝ったら全部水に流してやるから」

「許して欲しいとは思ってないよ」

淡野の言うとおりに、尾崎は表情から笑みを消した。

途端に、ひどく冷たくて、とりつく島もないような、そんな空気が尾崎の体中を取り巻いた気がした。

そうか、こいつがいつも笑ってるのは、そうしてないと顔の造りができすぎてて冷たく見えるからなのかもしれないな――などと、淡野はその場にそぐわないことを思いつく。

「何だよそれは」

「高校の頃からカズイのこと好きだったんだ」

言われた言葉は理解の範疇《はんちゅう》を超えていて、淡野はただ、眉を顰めたまま尾崎を見返す。

尾崎は素《そ》っ気《け》ない態度で淡野から目を逸《そ》らした。

「でもカズイにその気がまったくないのは、そばにいたからよく知ってる。……おまえの選ぶ人生の中に、俺って存在がないのも、あの頃から嫌ってほどわかってる」

「……尾崎？」

口調も表情も冷たいのに、そこにどこかしら傷ついているような感じをみつけて、淡野は柄にもなく狼狽《うろた》えた。

「我慢し続けてたけど、無理だった。あんまり無防備に俺の部屋で寝てるおまえ見て、どうにもならなかった。これ以上迷惑かけたくないから、二度と、金輪際《こんりんざい》連絡は取らない。カズイも、ちょっとでも俺に好意があるならそうしてくれ。後生《ごしょう》だから」

「って、おい、ちょっと待て」

「俺が言いたいのはこれだけ。それじゃ、今までありがとな」

本当にそれだけ言い放つと、尾崎はさっさと淡野の横を擦《す》り抜《ぬ》け、マンションのエントランスの鍵を開けて中へ入っていってしまった。

淡野が呆気《あっけ》に取られているうち、エントランスのドアが閉まってしまう。ガシャッと、再び電子錠が施《ほどこ》された音。

「――おい、尾崎!」

淡野が声を上げても、ドアが再び開く様子はない。

急いで携帯電話を取り出したが、かけてみたところで相変わらずの着信拒否。インタホンで呼び出しても、応答があるわけもない。

怒りよりも驚きで、淡野の思考が止まる。

今尾崎が自分に何を言ったのか、呑《の》み込《こ》みきれず、淡野はそのまましばらく呆然《ぼうぜん》と立ち尽くした。

◇◇◇

その後の尾崎も徹底的だった。徹底的に淡野を避《さ》けていて、携帯電話は着信拒否ではなく『この番号は現在使用されておりません』のアナウンスが流れるようになり、メールは宛先不明で戻ってくる。

かといって、状況を鑑《かんが》みるに、再びマンションに押しかけても、尾崎が自分とまともに顔を合わせるとは、淡野には到底《とうてい》思えなかった。

どう対処すべきなのか考えても答えは出ず、おまけに最後に尾崎と会った次の日から急な納《のう》期《き》の仕事が立て続けにねじ込まれて、淡野は尾崎のことを考える暇もないくらいの激務《げきむ》にしばらく身を置く羽目《はめ》になった。

やっと仕事が一段落した頃には、あれから半月近くも経っていて、ひさびさに休みが取れた七月初めの日曜日、淡野は田野坂と山辺を街中の喫茶店に呼び出した。

「うっわカズイ、ますますげっそりして……おまえ、ちゃんとメシ喰ってるか？」

顔を合わせるなり、田野坂が心配そうに淡野の顔を覗き込んだ。淡野は自分でもわかるくらいすっかり窶《やつ》れていた。別に尾崎の一件があるせいじゃない。仕事が忙しかったからだ。

その仕事の合間にやっと取れる食事休憩の時、ふと尾崎のことを思い出して、食欲が失《う》せるという事実は否《いな》めなかったが。

「あれ、今日は尾崎は来ないのか？」

田野坂たちの他に、たまたま暇だったとかで、栗林《くりばやし》も喫茶店に現れた。その栗林の口から出てきた名前に、淡野は憮然《ぶぜん》となる。

「ん、まさかおまえら、まだケンカしてんのか？」

淡野の表情に気づいた山辺が、驚いたように言った。

仏頂面《ぶっちょうづら》で頷きかけてから、淡野は首を捻った。

「ケンカっつーのか、あれは……」

「あ、尾崎っていや、カズイ、あいつの携番とメアド、新しいやつ教えてくれないか？　どうも変わったらしくて、こないだから繋がらないんだよ」

「えっ」

思い出したように言った田野坂に、淡野は思わず、声を上げた。

「田野坂も知らないのかよ？」

「え、って、まさかカズイも？」

淡野に輪をかけて、田野坂も驚いている。

「マジで？　カズイに聞けば絶対だと思ったのに……山辺は？」

田野坂が訊ねるが、山辺も驚いた顔で首を横に振った。

田野坂と山辺と淡野で何となく栗林を見ると、栗林も、焦《あせ》ったように大きく首を振っている。

「おまえらが知らなくて、俺が知ってるわけないだろ？」

「じゃあ全員、あいつの連絡先わからないってことか……？」

山辺が淡野の顔を見ながら顔を曇《くも》らせ、ポケットから携帯電話を取り出した。アドレス帳を探って、どこかに電話をかけだす。

「──あ、尾崎さんのお宅ですか？　山辺です、ご無沙汰《ぶさた》してます」

愛想《あいそ》よく話す山辺の様子で、淡野は彼が尾崎の実家に連絡を取っているのだと把握《はあく》する。山辺は短く時候《じこう》の挨拶などした後、用件を切り出した。

「それで、敦彦君の携帯変わったでしょう、俺まだ伺《うかが》ってないんですけど、急ぎで連絡取りたい用事があるので、できれば教えていただきたいんですけど——え？　……あ、そうですか……いえ、大丈夫です、ええと、とりあえず、俺が連絡欲しがってたってのだけ伝えていただければ。はい。はい、じゃあ失礼します」

電話を切って、山辺が座席の背もたれに寄り掛かると、大きく溜息をついた。

「尾崎んち？　何だって？」

訊ねた田野坂に、山辺が困惑したように首を傾《かし》げる。

「敦彦から、たとえ誰に聞かれても自分の新しい連絡先は教えるな、必要があったらこっちからかけるから——って言われてるってさ」

「……何だそりゃ……」

その場にいる全員が当惑《とうわく》し、しばらく黙り込む。

「……ま、尾崎が変になるっていうなら、理由はひとつだろうけど……」

呟きながら、なぜか田野坂が自分の方を見ていることに気づいて、淡野はまた眉を顰めた。

山辺も、栗林まで、淡野のことを呆れた顔で見ている。

「おまえらなあ、仲よくケンカするのもいいけど、俺らまで巻き込むなって」

「そうだよ、せっかくまた元どおりやってけるようになったのに、今度は何やらかしたんだよカズイ」

「ちょっと待て、どうして俺に責任があるみたいな言い種《ぐさ》なんだおまえら」

一方的に自分の側に非《ひ》があるとでも言わんばかりの友人たちの言い種、眼差しに、淡野は気を悪くした。

「またやらかすって、前の時だって、別に俺ばっかりが悪かったわけじゃないだろ」

「これだよ」

はあ、と山辺が大仰《おおぎょう》に溜息をついた。

「そりゃあの時はさ、カズイだって事情が事情っていうか状況が普通じゃなかったし、テンパってたんだろうなってのはわかるよ。でもそのことを考慮しきれなかった敦彦のテンパり具合を差し引いたって、あれはちょっとどうかと思うんだよ」

「何が」

「『おまえには関係ない』ってさ。心配してくれた友達に言っちゃいけない言葉だったたって、今じゃいい加減わかってんだろ？」

「……」

渋々と、淡野は頷いた。ここで言い訳でもしたら、尾崎ばかりか、山辺たちにも見捨てられるような気がした。

「でも言っておくけど、今回はその手のセリフを言った覚えはないからな。つーかこっちがやらかされた方で」

「何を？」

「……」

答えようなく、淡野は口を噤《つぐ》む。

まさか、まかり間違っても、一応はそれなりに親しい友達だと思っていた、何より同性の尾崎にキスされただとか好きだと言われただとか、いくら気心の知れた仲間が相手だとはいえ、言えるわけがない。

尾崎だって、言われたくないだろう。

きっとだからこそ、自分だけではなく、他の友人たちとまで音信《おんしん》を断ったわけで。

「あ、もしかしてだけど、カズイ」

尾崎に対する仁義《じんぎ》のためにだんまりを決め込んだ淡野の方へ、山辺が身を乗り出して囁《ささや》き声《ごえ》になる。

「敦彦に告《こく》られたりしたのか？」

「……」

黙っていようと決意していなくても、淡野は返す言葉が出てこなかった。

だが驚きは隠せずに目を瞠《みは》ってしまい、その態度で、山辺は何か察するところがあるようだった。

「あー、そっか、なるほどなあ……それでねえ……」

「ん？　尾崎がとうとう自爆《じばく》して、逃げ回ってるってことか？」

納得している山辺にも驚いたが、『とうとう』などと表現した田野坂にも、淡野は愕然《がくぜん》としてしまう。

「な、何で、おまえら……」

「ええっ、ちょっと待ってどういうこと」

冷や汗をかく淡野の隣の席で、栗林も焦ったように声を上げている。淡野はそれで少しほっとした気分になったが、だが、次の相手の言葉で、一瞬頭が真っ白になった。

「とうとう告白って、あれ？　尾崎と淡野って、もうつき合ってるんじゃなかったのか？」

噴き出したのは、田野坂と山辺が同時だった。

「そっ、そうだよなあ、やっぱ、周りから見たってそう思うよなあ」

「待て！　待て待て待て！　さっきから何の話してるんだおまえら！」

動揺のあまり目の前に置かれたコーヒーカップを倒しそうになりながら、淡野は慌ててテーブルを拳でガンガン叩いた。

「どうしてわかって——いや、そもそもどうして俺があいつとつき合ってるとか、そういう意味不明な」

「いやだって、すっげー仲いいだろ、尾崎と淡野。こないだも、酔っぱらった淡野の面倒尾崎が甲斐甲斐《かいがい》しく見てるし、あたりまえみたいに淡野を持ち帰るし」

栗林は、淡野が何をそんなに慌てているのかわからない、というふうに首を傾げながら説明している。

「高校の頃からそういう雰囲気だったろ？　ほらあの時、淡野が尾崎と一緒の大学行くのやめるって突然言い出して、尾崎が珍しく怒り狂ってたし、そりゃまあつき合ってる相手がそんなこと勝手に決めたら、あのくらい怒りもするよなって」

耐えきれず、淡野はテーブルに突《つ》っ伏《ぷ》して両腕で自分の頭を抱《かか》えた。

「で、何年か前に俺もおまえらの集まりに呼ばれてさ、ふたりが一緒にいて、高校ん時みたいにいちゃいちゃしてるの見て、ああ、一回別れてたけどヨリ戻ってたんだな、よかったなって、村上《むらかみ》とかなんかと話してたり」

「……誤解だ……」

つき合ってるだの、あまつさえいちゃいちゃだのと、信じがたい言葉を言われて、淡野は盛《せい》大《だい》に頭が痛んだ。

しかも栗林の独《ひと》り合点《がてん》ではなく、他の同級生たちにまで噂《うわさ》されていた、など。

「……てめぇら目が腐《くさ》ってるんじゃねぇのか……」

「いやいや、俺らはわかってるって、おまえらがまだつき合ってないことくらい」

宥《なだ》めるように言った山辺を、淡野はテーブルに体を乗せたまま、顔だけ上げて睨みつけた。

「『まだ』……？」

「遅かれ早かれ敦彦が限界だろうってのはわかってたから、こうなる予測はついてたんだけど。おまえらの揉《も》めごとなんていつものことだから、今回がそうだってすぐに気づけなかったわ。悪い悪い」

山辺たちの様子は、いかにも気軽だ。

淡野は痛む頭を押さえながら、テーブルから起き上がった。

「どうしておまえらそんな平然としてるんだ。っていうか俺もあいつも男だぞ、普通、男同士で、たとえちょっと仲よさそうに見えたとしたって、そういう誤解なんかするもんかよ」

「敦彦がカズイを好きなのは誤解じゃない。それに、おまえたちの仲のよさは『ちょっと』じゃないだろ」

尾崎が自分のことを好きだということも驚いたが、周囲の友人たちが皆それを承知していたことの方が、淡野には衝撃的だった。

「腑《ふ》に落ちねえ……よしんば男同士っていうのを度外視《どがいし》するにしたって、尾崎のいつもの態度は、好きだって相手に取るようなもんかよ。人の顔見りゃ嫌味《いやみ》ったらしいこと言うし、俺だってな、相手が尾崎でなけりゃ、この歳になってもガキみたいに誰かと言い争いなんてしないんだぞ」

「だからさ」

ふと、山辺が真顔になって言った。

「敦彦がそういう態度取るのも、カズイが相手の時だけなんだって。あいつ基本的に誰に対しても優しいいし、人当たりいいし、面と向かって、陰でだって人の悪口なんて言わない奴なんだよ。なのにおまえのことだけ構わずにいられないのって、それだけおまえが特別ってことだろ」

「……で、だったらどうして、俺から逃げ回るって結論になるんだ？」

仏頂面で言う淡野に、山辺と田野坂、栗林が、それぞれ顔を見合わせた。

代表して、田野坂が口を開く。

「俺たちはカズイと尾崎と、両方の友達だからさ。どっちの肩も持たないし、それに友達だからってこういう問題に外野《がいや》が口挟《はさ》んでもロクな結果にならないだろうし、一切《いっさい》ノータッチだからな」

淡野の質問には答えずそう言った田野坂に、

「そう、敦彦が気の毒なんでついあいつの気持ち代弁《だいべん》するようなこと言っちゃったけど、後はもう手は出さない。そういう事情なら、俺から敦彦に連絡するようにせっついたりは、もうしないぞ」

山辺も続けて言って、栗林がうんうんと頷いている。

「まあ淡野がどういう結論出したって、俺たちはおまえらのどっちともこの先も友達であり続けるよ」

要するに、自分たちを巻き込まずに、そっちで勝手にどうにかしろ、ということらしい。

それはまったく正しい言い分だったので、淡野は憮然としつつ、了承した。

それから夕食でも食べるために移動するかという田野坂たちの誘いを断って、淡野はひとりで彼らと別れた。

とにかくもう一度、尾崎と会って、話をしなくてはならない。

自分ひとりとならまだしも――それはそれで、本当に心底腹立たしいが――他の、一番つき合いの長い山辺とまで関係を切るなんて、どう考えても無茶苦茶だ。

身勝手さを罵ってやるつもりで、淡野は喫茶店を出た後まっすぐ尾崎のマンションへ向かった。

エントランスまで辿《たど》り着《つ》き、インタホンで呼び出しても無駄だろうことは予測できたので、どうするかと考えているところに中から住人が出てきた。淡野は何喰わぬ顔で、エントランスのドアが閉まる前に中へ滑《すべ》り込《こ》む。

尾崎の部屋がある四階までエレベータで昇り、廊下に出ると、そこにも人の姿があった。

「……ん？」

そしてその人たち、三十代くらいの背広を着た男性と、もう少し若く見えるジーパン姿の男性は、尾崎の部屋のドアを開けて中を覗《のぞ》き込《こ》んでいる。

尾崎に用がある人たちならちょうどいい、彼らに便乗《びんじょう》して中に上がり込んでしまおうか、と思いながらこっそりそちらへ近づいた淡野は、愕然として声を上げた。

「おい、どうなってるんだこりゃ！」

「わっ、びっくりした！」

突然聞こえた声に、男性ふたりが振り返る。淡野は思わず彼らに詰め寄った。

「ここに住んでた奴は！」

――尾崎の住んでいた部屋は、もぬけの殻《から》だった。

玄関にも、廊下にも、その先の部屋にも、何もない。荷物ひとつなく、ゴミひとつ落ちていない。

そこに誰かが住んでいたという形跡《けいせき》など、まるで感じられないくらい綺麗《きれい》に片づいている。

「あ、ああ、もしかして前にお住まいの方のお友達ですか？　ここはつい先週、引き払われましたよ」

答える相手の口調から、彼らが内見《ないけん》に来た客と、それを案内する不動産業の人間だということを、淡野は理解した。

つまり尾崎は、誰にも告げず、黙ってこの部屋を引き払ってしまったのだ。

「……ここまでするか……」

呆然と、淡野は呟く。電話の着信拒否どころの話ではない。完膚《かんぷ》無《な》きまでに、尾崎は淡野の前から消えようとしている。

「あの、ここに住んでた奴が次に引っ越した先、わかりませんか」

不動産屋の男性に、淡野はあまり期待せず訊ねた。

「申し訳ありません、そういったことは、勝手にお教えできない決まりですので……」

答えは思ったとおりだった。

おそらく尾崎の実家に連絡を取ったって、先刻山辺にすらそうだったように、尾崎自身から居場所を教えないように言われていると、断られるだけだろう。

淡野は不審そうに自分を見ている男性たちに、どうにか礼を言って、来た道を引き返した。

足も、気分も、ひどく重い。

こうまで徹底的に避けられるなんて、本当はまだ思っていなかった。

以前そうだったように、結局最後には、また前みたいに顔を合わせて、何ごともなかったかのように、腐れ縁の友人に戻れると思っていた。

それが間違いで、尾崎が本当に自分と二度と会わない決意をしたのだと嫌というほど思い知らされ、淡野は言いようのない気持ちになる。

自分が怒っているのか、それとも傷ついているのか、よくわからない。

わからないが、ともかく、現状をよしとしていないことだけは自覚している。どうあったって、やっぱり尾崎ともう一度会って話をしないことには、収まりがつかない。

あと望みがあるとすれば、会社くらいか。

けれども淡野は、明日にでも相手の勤め先に押しかけてやろうとは思えなかった。

その気力が起きない。

おそらく、認めるのは癪《しゃく》だが、無理矢理そうした時に、尾崎にまた避けられるのではと思ったら——そうされた時に自分が感じる怒りとダメージについて考えたら、気が進まなくなってしまったのだ。

「……知るか、クソッ」

もう勝手にすればいいと、自棄糞《やけくそ》気味に考えて、淡野はひとり呟いた。

# 3

『お兄ちゃん、最近、尾崎《おざき》君遊びに来ないねえ』

妹にそう言われた時、自分でも理由がわからないくらい、息苦しくなった。

『大学ってそんなに忙しいのかな』

残念そうな、寂しそうな顔をしていたのは、中学生の妹だけでなく、そのすぐ下の弟も、母親までもだ。

高校時代、学校帰りに、尾崎はよく淡野《あわの》の家に寄っていた。淡野の家は高校と尾崎の家の中間の駅にある。駅から別に近くはなかったから、寄ると言えば『わざわざ』とつけなければいけない距離だったのに、週に一度は一緒に勉強するとか、予備校前の時間潰《つぶ》しとか理由をつけて、上がり込んできた。

淡野の家族は男前で礼儀《れいぎ》正しい尾崎のことを気に入っていたから、皆それを歓迎していた。

淡野の尾崎に対するぞんざいな態度を見ては、諫《いさ》めてくるほど。

『さあ。学校が変わったら、そんなもんだろ』

妹を心配させたくなくて、淡野は努《つと》めて何でもないふうに、軽い口調で答えた。

妹はますますがっかりしたように、溜息をついた。

『お兄ちゃんたち、あんなに仲がよかったのにね』

大学受験が終わった後から、妹は一度も尾崎と会えていない。

淡野は家に尾崎を呼ばなかったし、尾崎も来たいとは言わなかった。

そもそもあれからろくに目を合わせず、話しかけてくることもなかった。

それでもそのまま卒業してしまうのは据《す》わりが悪く、田野坂《たのさか》たちに諭《さと》されたこともあって、喧嘩《けんか》のしばらく後に淡野は教室で自分から尾崎に声をかけてみた。だが尾崎はそれに返事もせず、譲歩《じょうほ》してやったつもりなのに無視されたことに腹を立て、淡野の方も二度と話しかけることをしないまま、卒業式を迎え、それぞれ専門学校と大学に進学した。

それから数ヵ月経《た》った頃、偶然街中で会った山辺《やまべ》と田野坂から、尾崎が実家を出てひとり暮らしを始めたことを聞いた。

『家から通えない距離じゃないけど、自活《じかつ》してみたいってさ。あいつマジメだから、大学出たら親がかりなのやめようって思ってたみたいだな』

尾崎が借りたアパートは、淡野の家とも、専門学校とも、まったく違う路線の駅の方らしかった。

それでもう、他の友人たちみたいに、『偶然街で顔を合わせる』確率も減った。

そこまでして自分と顔を合わせたくないのか――と思ったら、淡野は腹の底に氷を詰《つ》め込《こ》まれたみたいな、変な感じを味わった。

『い、いや、それは考えすぎじゃないかなあ。うん、多分考えすぎだよ』

不機嫌になる淡野を気遣《きづか》って、田野坂が慌ててフォローした。そのせいでますます淡野は不《ふ》愉快《ゆかい》な気分になった。

『そうだな、わざわざ嫌いな俺のために、そこまでする必要はないもんな』

本当はちょっとだけ、山辺たちに頼んで、それとなく再会のお膳立《ぜんだ》てをしてもらおうかと考えていたのだが。

その気持ちも吹っ飛んだ。向こうがそのつもりなら、こっちがそんなことする必要はない。

尾崎は淡野に引っ越しの連絡も寄越《よこ》さなかった。会いたくもないと思われている相手に、会おうだなんて、言えるはずがない。

言う理由がない。

『まあ別にいいや、尾崎と俺、特別仲がよかったってわけでもねえしな』

憮然《ぶぜん》と言った淡野に、山辺と田野坂はもの言いたげにお互い顔を見合わせていたが、淡野はそれ以上何か言われるのも嫌で、そそくさと彼らから離れた。

その後行われた同窓会で尾崎の姿を見るには見たが、お互い一度も声をかけ合うこともなかった。

その他に田野坂が幹事をしてくれた小規模な集まりには、尾崎は姿を見せなかった。少なくとも淡野が出席すると返事をした時は。

淡野が行けない時には、尾崎は顔を見せることがあったらしい。

まあどうでもいいか、と淡野は尾崎のことを考えないようにした。

専門学校は毎日忙しい。課題は次々出てくるし、半年もすれば、すぐに就職のことを考えなくてはならない。家計を支えるために、就職浪人なんてもってのほか、できるだけ稼《かせ》げる会社に入らなくてはならない。

忙しさにかまけて、淡野は尾崎のことなんて思い出す日がどんどんなくなっていった。

尾崎からの再会のアプローチもなかった。

やっとまともに顔を合わせるまでに、一年かかった。それも、業《ごう》を煮やした周囲がセッティングしてくれたからだ。

田野坂たちの計《はか》らいで行われた自分の就職祝いに尾崎がやってきたのを見て、淡野は正直なところほっとした。

淡野は尾崎が来ることは知らなかったが、尾崎は再会を覚悟してその場にやってきたのだろう。

平気な顔をして話しかけてくる相手に、憤《いきどお》るよりも、妙に安堵《あんど》して、淡野はまた高校の時みたいに尾崎とつき合うようになった。多分尾崎がそういう態度を取ってくれたから、淡野も自然と相手に応《こた》えることができた。

あの時も尾崎は自分のことを好きで、その上の覚悟だったのだと、今になって淡野はやっと理解する。

結局尾崎次第なのだ。

尾崎が話しかけてくるのなら、自分がそれを無視する謂《い》われはない。

——尾崎が自分を避けるのなら、自分がそれを追いかける謂われはない。

『だから』尾崎が自分から会いに来てくれて、ほっとした。

あれから五年以上が経って、もう二度とそんなことはないだろうと、今の今まで、どうしてか淡野は信じていた。

◇◇◇

マンションを引き払ったことが判明してから、尾崎から連絡が来ることはなく、淡野からもその気が起きないまま、さらに一週間以上が経ってしまった。

相変わらず忙しい仕事を理由にその件については考えないようにするつもりが、ふとした瞬間に思い出してはムカムカして止まらない。

高校の頃も、今も、どうしてそうまでして自分を避《さ》けようとするのか。その頑《かたく》なさと、思い込みの激しさに腹が立つ。

またあんなふうになってしまうのは嫌だと思うからこそ、こっちから連絡を取ろうとしているのに、どうしてこうまで自分から逃げ回るのかが理解できない。

何で自分がこんな思いをしなければならないのかと、そう考えるだに、淡野の苛立《いらだ》ちは治まりようがない。

「淡野さーん、今日こそ飲みに行きましょうよー」

しかも吉村《よしむら》がまた毎日毎日しつこいもので、余計《よけい》にイライラさせられる。

「だからそういうことはてめえの仕事終わらせてから言えつってんだろ」

「こっちアップしましたよ、チェックお願いします」

言われて確認してみると、たしかに淡野が吉村に振った仕事が、きっちり仕上がっている。

入社から一ヵ月以上が経って、吉村は最初に淡野が思ったよりははるかに仕事ができるようになっていた。

見た目や態度の軽さに反比例して、物覚えと要領《ようりょう》がいいらしい。今日中か、最悪でも明日の朝イチには終わっていればいいだろうと判断して吉村に回した作業が、まだ夕方の五時だというのに終わってしまった。

「じゃあ次、これ」

「えー、もう定時ですよ、終わったんだから、飲みに行きましょうよー」

淡野が別の仕事の仕様書《しようしょ》を渡すと、吉村が唇を尖《とが》らせて文句を言った。大の男が拗《す》ねて見せたって、まったく可愛《かわい》くない。

「バカおまえ、うちの会社に一ヵ月もいてまだ定時《ていじ》とか信じてるのか。あれは都市伝説だぞ」

「もーいい加減息抜きさせてくれないと、この仕事続きませんよ。そろそろ出社拒否的なものが発症《はっしょう》しますよ」

「ああもううるせえな、わかったよ、じゃあそれの設計図引いたら今日は上がりでいいから」

根負《こんま》けして、淡野は溜息交じりにそう言った。吉村がパッと顔を輝かせる。

「じゃあ飲み行きましょう」

「わかったわかった、夕飯ごと奢《おご》れ」

むしゃくしゃした気分は、吉村に死ぬほど金を使わせて晴らそうと決めて、淡野は自分の仕事に没頭《ぼっとう》した。

午後八時という、普段からしてみれば驚異的に早い時間にそれを切り上げて、淡野は吉村と一緒に会社を出た。会社近辺にはあまり高そうな店がなかったので、電車で数駅移動して、繁華街《はんかがい》のある場所へと移動する。仲間内でよく集まる辺りなので、淡野は店にも詳《くわ》しい。半《なか》ば嫌がらせのつもりで、メニューに結構な値段の並んだイタリア料理のレストランを選んでやったのに、吉村は怯《ひる》みもせずに喜んで淡野に従《したが》った。

「どんどん注文してくださいね、淡野さん、もうちょっと栄養摂《と》らないと駄目《だめ》ですよ」

入った店、淡野の向かいの席で、吉村は上機嫌に言った。

「たくさん食べてたくさん飲んで、そんで元気出してください。ここんとこテンション落ちてるから、心配してたんですよ、俺」

ちょっと驚いて、淡野は吉村の顔を見遣《みや》った。脳天気そうな顔をして、吉村も淡野の苛立ちや落ち込みを察していたらしい。

「そうか、おまえ、ただのアホじゃなかったんだな……」

「うわひっでーな」

しみじみ本音を言った淡野に、吉村が抗議《こうぎ》しながらも笑っている。

面倒臭《めんどうくさ》いだけだと思っていた吉村との食事は、おかげで少しだけ淡野の気分を浮上《ふじょう》させた。最近ご無沙汰《ぶさた》だった食欲もそれなりに湧《わ》いてきて、言われたとおり遠慮なくあれこれオーダーする。酒もどんどん頼んだ。

無茶な依頼主や会社への悪口を言い合ううちに酒も料理も進み、吉村とは結構会話が弾《はず》んだし、次第に淡野は上機嫌になってくる。

だがその気分は、店に入って一時間ほどで一気に砕《くだ》け散《ち》った。

平日の遅い時間だからか、美味《うま》い料理を出す店だったのにテーブルはいくつか空《あ》いていた。淡野と吉村が座っていたふたりがけのテーブルも隣が空席だったのが、そこに、別の客が案内されてきた。

店員に誘われて現れたのは若い男女の客。

その男の方の顔を見て、淡野はワイングラスを口に運ぶ手を止めた。

小柄で可愛らしい女性と並んでやってきたのが、どう見ても、尾崎だったのだ。

尾崎も、軽く目を瞠《みは》って淡野のことを見ている。

「……」

サッと表情を曇《くも》らせる淡野の様子に気づいて、彼らに背を向けていた吉村も、尾崎と連れの女性を振り返った。

「知り合いですか？」

事情を知らない吉村が暢気《のんき》に訊《たず》ねる。

何をどう言ってやろうか、一瞬にして酔いが醒《さ》めたはずなのに、淡野は咄嗟《とっさ》にまとめ損《そこ》ねて口を噤《つぐ》む。

そしてそんな淡野とは対照的に、尾崎は驚いた表情をすぐに笑顔に変え、淡野に向かって口を開いた。

「あれ、何だ、カズイも来てたのか。偶然だな」

いつもどおり、まったく普段と――一ヵ月前と変わらない様子の尾崎に、淡野は不審《ふしん》を覚える。

それから、猛烈《もうれつ》に腹が立ってきた。

「お友達？」

女性が小声で尾崎に訊ねた。ふたりの距離は近く、女性の声は甘えた響きがあって、彼らがどんなつもりでここに来たのか淡野にもすぐわかった。

要するにデートだ。

「高校時代の同級生だよ」

平然と笑っている尾崎に倣《なら》って、淡野も、できる限りの人なつっこさで笑みを浮かべて彼女を見上げた。

「どうも、こんばんは」

「あ、こんばんは、浜井《はまい》と申します。尾崎さんとは同じ会社で」

「どーもどーも淡野先輩の会社の後輩で吉村でーす。おふたり、デートですか？」

酒が入ってさらにご機嫌《きげん》になった吉村が、明るく訊ねる。

ストレートに訊ねられて浜井という女性は恥ずかしそうに笑い、隣で、尾崎もただ笑っている。

「まあ座ったら。店員さん困ってるから」

にわかに挨拶《あいさつ》大会が始まってしまったので、尾崎と浜井に座ってもらうこともメニューを手渡すこともできず、店員が困惑している。淡野が促《うなが》すと、尾崎たちが頷《うなず》いて席についた。

「へえー、淡野先輩の友達って、すっげぇ男前ですね」

隣のふたりが笑いながらメニューを選んでいる間に、吉村が感心したように言った。

淡野は吉村にただにっこりと笑ってみせた。

今口を開いたら、尾崎への罵詈雑言《ばりぞうごん》が零《こぼ》れてしまいそうだったので、辛《かろ》うじて堪《こら》える。

人をさんざんやきもきさせておいて、他の友人まで巻き込んでおいて、自分はいつもどおり女とへらへらデートしているのだと思えば、こっちが怒らなくてすむ理由が淡野には浮かばない。

尾崎が黙って引っ越したことを教えた時、田野坂だって山辺だって、ひどいショックを受けていたようだったのに。

ちらっと横を見遣ると、尾崎と浜井は楽しそうな様子で料理についてあれこれと話し、店員にオーダーしている。

注文を終えると、「ちょっとごめん」と彼女に言い置いて、尾崎が席を立った。

淡野は手にしていたグラスのワインを飲み干し、少しの間を置いて、自分も席を離れて店の隅にある化粧室に向かった。

トイレのドアを開けると、洗面台に両手をついて顔を伏せている尾崎の姿があった。

人が入ってきたことに気づいて顔を上げ、鏡越しにそれが淡野だとわかると、すぐにまたいつもの尾崎らしい笑顔になる。

「ああ、もう出るから」

尾崎は手を洗って洗面台を離れようとしたが、淡野は尾崎とドアの間を塞《ふさ》ぐように体をずらした。

「どうした？」

困ったように、尾崎はやっぱり笑っている。

「可愛い彼女だな」

尾崎を眺めつつ、淡野も笑ってそう言った。

「だろ。今年入った新入社員の中じゃ、一番人気あってさ」

尾崎の声音にも態度にも、後ろめたさとかすまなさといったものが、まったく見あたらない。まったく普段と変わらない態度だった。

追いかけて、一発くらい殴《なぐ》ってやろうかと思っていたが、淡野はそれも馬鹿馬鹿しくなってきた。

人のことを好きだのだから絶縁《ぜつえん》だのと、わけのわからないことを言っていたのは、全部冗談だったのかもしれない。

そうじゃなくたって——そうじゃない方が、淡野にはよっぽど腹に据《す》えかねた。

振り回されて、怒ったり落ち込んだりしたのが、心の底から馬鹿馬鹿しい。自分が道化《どうけ》のようだと思ったら、苛立って止まらなくなる。高校時代の一件の後は、尾崎がいつもと同じ様子だったことがありがたかったが、今回はそのことが淡野にはむしろ気に喰わなかった。

「ま、いつもどおりうまく家にでも連れ込めるといいな。今どこに住んでるんだか知らないけど」

あからさまな嫌味を言っても、尾崎は動《どう》じない。

淡野はそれを殴り飛ばす代わりに、いつもなら絶対に浮かべないような極上《ごくじょう》の笑みを浮かべて、言《げん》を継《つ》ぐ。

「俺もこれから、あいつの家に行くんだ」

「え？」

「吉村。前に話したことあったろ、どうしようもない不出来な後輩。でも一緒に働いてみたら、あいつ結構使えてさ。仕事ができる奴は嫌いじゃないし、それにもうずっと飯だ酒だ誘われてて、断り続けるのも悪いし」

「――へえ……」

笑ったままの尾崎の表情が、それでも、どこか当惑したふうに揺れるのを確認して、淡野は少し胸のすく気分になった。

こっちばっかり動揺させられるのじゃ、割に合わない。

「俺も酒入っていい気分だから、うっかり間違い起こすかもしれないけど、ま、人生何でも経験だしな。それじゃおまえらもうまくやれよ」

言って、淡野はトイレに来たのに用足しすることもなく、尾崎に背を向けた。

一瞬だけは気分がよかったが、どうして自分がこんな馬鹿馬鹿しいことを言わなければならなかったのかと、すぐにうんざりした。

もうさっさと吉村に金を払わせて帰ってしまおうとドアに手をかけた淡野は、唐突《とうとつ》に強い力で腕を引かれて、後ろにひっくり返りそうになった。

驚いて振り返ると、間近に、真剣な尾崎の顔があった。

「そんな奴の家になんか行くな」

「——はあ？」

ついさっきまでへらへらと女連れで笑っていたのと同じ人間とは思えないくらい、思い詰めて、切羽《せっぱ》詰まったような、淡野が見たことのない表情だった。

「行くなよ」

尾崎が腕を摑む力があまりに強すぎて、淡野はその痛みで顔を顰《しか》める。

痛みと、言われた言葉の理不尽《りふじん》さに、淡野も笑い顔なんて保《たも》てなくなった。

「てめえにそんなこと言われる覚えはねえっての」

自由な方の手で尾崎の体を押し遣《おや》り、摑まれた腕を力一杯振り払う。

さらに何か言ってやろうと淡野が口を開いた時、トイレのドアが開いた。

「淡野せんぱーい、次の料理冷めちゃいますよー」

顔を覗《のぞ》かせたのは吉村だ。なかなか席へ戻ってこない淡野を不審に思って呼びに来たらしい。

「もういい、腹一杯。帰るぞ」

「えっ？」

面喰《めんく》らっている吉村の腕を摑み、淡野はもう尾崎の方を一顧《いっこ》だにせずトイレを出た。

「えー、もうお開きですか？　まだ料理残ってるのに」

「だったらおまえひとりで喰ってろ。じゃあなご馳走《ちそう》さん」

まったくもって八つ当たりだとわかっていたが、今は吉村の脳天気な顔を目の前に、隣に尾崎や彼女の姿を眺めながら、美味しく料理を食べる気なんて塵《ちり》ほども起きない。

淡野は吉村のことも置いて、店を後にした。

「カズイ！」

さっさと家に帰って寝てしまおうと、大股《おおまた》に外の道を駅に向かって歩いていた淡野の後ろで、尾崎の呼ぶ声がした。無視していると、走って追いかけてきた尾崎が淡野の横に並ぶ。

「――何くっついて来てんだよ」

尾崎のことを見遣りもせず、淡野は突慳貪《つっけんどん》な口調で言った。

「連れ置いてきていいのか」

「彼女とは食事をしに来ただけで、別につき合ってるとか、そういうんじゃない」

淡野の早足に合わせて隣を進みながら、尾崎が言い訳じみた口調で言う。

険悪《けんあく》な様子のふたりを、通りすがる人が怪訝《けげん》そうに眺めていた。

これじゃまるで痴話喧嘩《ちわげんか》みたいじゃないか、と思った途端、トイレでもう限界を超えたと思っていた淡野の怒りが、さらに盛り上がってきてしまった。

「あっそ、で、それが俺にどう関係あるんだ？」

冷たい口調で訊いてやると、尾崎が口を閉ざす。

「おまえが誰と何しようが、俺がそれに関して聞かされる理由はないだろ。俺とおまえは無関係、そういうふうに仕向けたのは自分だろうが」

吐き捨てるように言った淡野は、隣にいた尾崎の気配が不意に消えたことに気づくと、つい、立ち止まって振り返ってしまった。

尾崎は少し後ろで足を止め、淡野の方を見遣っている。

ひどく傷ついたような、悲しそうな顔をしていて、淡野は自分がどうしてそれを見て罪悪感なんて覚えなくてはならないのか、わけがわからなかった。

最初に無視されて傷ついたのは、こっちだっていうのに。

「……それもそうだな」

悲しそうな顔のまま、尾崎がかすかに笑った。

「悪かった。もう二度と呼び止めない」

「……」

淡野は相手に何か言ってやりたかったのに、上手い罵倒《ばとう》の言葉が出てこずに、それを呑《の》み込《こ》む。

尾崎のもっと後ろで、店の方から、吉村がやってくるのが見えた。会計をすませて出てきたらしい。

この場に吉村がやってきたら、ますます面倒臭いことになる。

そう思って、淡野はもう尾崎には何も声をかけず、再び駅へと向かって歩き出した。

追いかけてくる声はなかった。

◇◇◇

せっつかれて、しぶしぶと状況を報告した淡野に、向かいに座っていた田野坂が困惑しきった様子で頭を抱《かか》えた。

「何だよ結局ますます拗《こじ》れてるのかよ……」

レストランで尾崎と遭遇《そうぐう》してから数日、田野坂に呼び出されて、会社帰りに淡野は居酒屋に寄った。小さな座敷タイプの個室には田野坂と山辺、それに栗林《くりばやし》がすでにやってきていた。

「こないだ口は挟《はさ》まないって言ったけどなあ、そんで自分のことだからすごい申し訳ないんだけど、俺、結婚式にはやっぱおまえら全員揃《そろ》って出席して、祝ってもらいたいんだよ……」

思い出したくもない先日の一件を説明させられて憮然としていた淡野は、しかし落胆した様子の田野坂を見て、さすがに申し訳ない気分になった。

淡野たちは田野坂の親しい友人として、スピーチや出し物を頼まれている。

せっかく一生に一度のめでたい日に、自分と尾崎の諍《いさか》いが原因で気まずい思い出を作ってしまうのは、淡野だって気が咎《とが》めた。

「このままじゃ尾崎宛《あて》の招待状どこに送っていいのかもわからないし、カズイ、どうにかなんないか？」

「……」

尾崎は相変わらず、淡野以外の友人関係にも自分の連絡先を教えていないままらしい。

実家や会社経由《けいゆ》という手がないこともないだろうが、田野坂は多分、そういうことを言いたいわけではないだろう。

淡野は少し考え、深々と溜息をついてから、山辺の方を見遣った。

「尾崎の実家に電話して、尾崎呼び出してくれ。今日は俺が来てない、田野坂の結婚式のことで話があるって言えば、あいつも出てくるだろ」

「お、おお」

山辺が急いで携帯電話を取り出し、淡野が言ったとおりの言葉と、店の場所を尾崎の家族に伝えた。

——あくまで、田野坂のためだ。田野坂や、他に心配してくれている友人たちのためだ。

そう思って、淡野は苛立つ気分をどうにか鎮《しず》める。

淡野に気を遣ってか、尾崎とは関わりのない話をしながら飲み食いして三十分以上経った頃、店員の案内で、尾崎が個室に姿を見せた。

尾崎は個室のドアが開くなり、すぐに淡野の姿をみつけ、顔を強張らせた。

そのまま一言もなく身を翻《ひるがえ》し、立ち去ろうとした尾崎に、淡野は田野坂たちよりも早く声をかけた。

「バカ、逃げんな。上がれ」

はらはらと田野坂たちが見守る中、淡野はその場から立ち上がる。

尾崎は動きを止めて、諦《あきら》めたような顔で振り返った。淡野が顎《あご》をしゃくると、頷いて座敷に上がる。淡野が立ち上がっていたせいか、座りもしないままでいた。

店員が怪訝そうにメニューを渡して去ると、淡野はドアを閉めて尾崎と向き合った。

「弁解を聞いてやる」

偉そうに言い放った淡野を、尾崎は黙って見返している。

「そもそもおまえは、何だって俺からそこまで逃げ回るんだ。しかも他の奴まで巻き込んで、誰とも一生会わずにいるつもりだったのかよ」

「寝込みを襲うような卑怯《ひきょう》な真似《まね》をした。それに同じ男に好かれるなんて気持ち悪いだろうと思う。申し訳なくて合わせる顔がなかった」

尾崎は淀《よど》みなく言った。

多分こいつはずっとそんなことを考えていたから、すぐに言葉が出てくるんだろうなと、淡野にもわかった。

「山辺たちには後で話すつもりだったんだ。でも会えばカズイの話は必ず出るだろうし、俺が普通に話せるようになるまではひとまず距離を置こうと思ってた」

「それでこいつらに心配とか迷惑かけるってのは承知の上でか？」

「ああ。悪いとは思ってる」

「そうか」

頷くと、淡野は前置きなく尾崎の胸ぐらを掴み、拳《こぶし》でその横《よこ》っ面《つら》を殴りつけた。

「カズイ!?」

田野坂たちが驚いて声を上げる。尾崎は淡野の仕種《しぐさ》で殴られることはわかっていただろうに、目を閉じただけで避ける気配も見せなかった。

殴られた勢いで尾崎の背が壁にぶつかり、そのまま床に座り込む。

「おっ、おまえ、そんな急に殴らなくったって」

狼狽《ろうばい》する友人たちをとりあえず無視して、淡野は尾崎の前に進むと、それを見下ろした。

「悪いことをしたっていうから、仕返しだ」

もう赤く腫《は》れかけている頬を手の甲で拭《ぬぐ》いながら、尾崎が淡野を見返す。

「俺は竹を割ったような性格だから、終わったことにはこだわらない。おまえが俺の寝込みを襲《おそ》っただの、着信拒否しただの、引っ越し先を教えずに無視しただのについてはものっすごくムカつくけどな、別にそれでおまえと縁切りたいほど嫌いになったりはしないし、おまえが俺をどういうふうに思ってるかってことに関して否定もしない」

淡野も淡野で、自分で思っていたよりすらすらと言葉が出てきて、内心ちょっと驚いていた。ツラを見たらああ言ってやろう、こう罵《ののし》ってやろうと思っていたのに、どうしてか罵倒の言葉は出てこなかった。

この店に現れて来て、自分を見た時の表情が、露骨《ろこつ》に動揺した人間のものだったので、同情したのかもしれない。

きっとこの間のレストランの時みたいに、いつもどおりの笑顔だったら、金輪際《こんりんざい》尾崎と顔を合わせる気なんて淡野の方からも失《う》せただろう。

「だからおまえはこれまでどおりに俺とつき合え。いいな」

「いいな！」

淡野の命令に、尾崎の表情がかすかに曇る。

重ねて言うと、尾崎は複雑そうな表情で黙り込み、少しの間の後、覚悟を決めたように頷いた。

「――わかった。約束する」

「よし」

頷いてから、淡野は自分の後ろを指さした。

「それからこいつらともだ。ちゃんと今までみたいに会え。大人《おとな》しく田野坂の結婚式に出て、その口八丁《くちはっちょう》で皆が感動するようなスピーチでもしろ」

尾崎が淡野から、おろおろと自分たちを見守っている田野坂の方を見遣った。座り込んでいた体を起こし、膝《ひざ》を揃えて座り直して、頭を下げる。

「せっかくの祝いごとを前に、心配かけて、すまなかった」

「い、いや」

「後で新しい住所を知らせるから、迷惑でなかったら、式の招待状を送ってほしい」

「迷惑のわけないだろ、尾崎にもちゃんと出て欲しいよ」

「山辺も、栗林も、騒がせて申し訳ない」

尾崎がまた頭を下げると、他のふたりも、なぜか居住まいを正してぺこぺこと頭を下げ返している。

様子を見ていた淡野は、短く息を漏《も》らして、元いた席に腰を下ろした。

「ほらもう、尾崎も座れよ。飯喰え」

よく見ると、尾崎はずいぶんと窶《やつ》れた顔をしていた。レストランで会った時は動揺と怒りで気づいていなかったが、思い返せば、あの時もずいぶん顔色はよくなかった。

それだけ尾崎も悩んでいたんだろうと察すれば、淡野は多少は優しい気持ちになってしまう。

淡野に呼びかけられて尾崎は頷き、空《あ》いていたその隣の座布団の上に腰を下ろした。

尾崎は微妙そうな表情で、居心地悪そうにはしていたが、これで元どおりだと淡野は何だか妙にほっとした。

◇◇◇

尾崎は約束どおり、仲間内の集まりにまた顔を出すようになった。新しい住所も電話番号も、友人一同の知るところとなった。

「そうだな、二次会はやっぱサプライズありってことで」

今日は田野坂の結婚式に関する打ち合わせで、当の田野坂以外を除いて、結婚式に呼ばれる高校の元同級生たちが七人ほど集まった。

主に山辺と、それに尾崎が話を進めている。田野坂みたいに人のいい委員長タイプではなかったが、尾崎も高校時代には部活のキャプテンなんかを勤《つと》めていて、何かあれば人をまとめる位置にいる。

時々雑談《ざつだん》を交《まじ》えながらもてきぱき計画を立てていく尾崎の様子を、コーヒーを啜《すす》りながら淡野は眺めた。

日曜日の昼間、町中の喫茶店。

淡野はこの手の打ち合わせを細かくするのは面倒で、決まったことをきっちりこなしていく方が得意なタチだ。だから口は挟まず、友人たちが話し合っているのをただ眺める。

「こら、カズイもちょっとは意見出せよ」

黙りっぱなしの淡野に気づいて、尾崎が笑って言う。

尾崎のこういうところも昔っからで、淡野は自分で勝手に黙っているだけなのに、それでも孤立《こりつ》しないようにと、気を回しているのだ。

「尾崎が全裸で歌えば盛り上がるんじゃねえか？」

なので淡野も無視はしないで、思いついたことを口にする。

「いや、何で全裸なの」

「おーいいねいいね、脱げ！」

淡野の意見に、友人連中が盛り上がり、『全裸の尾崎がどのように登場するか』『いやむしろ途中で脱ぐ方が盛り上がるだろう』などという議論になって、しばらく話が進まなくなってしまった。

どうにか決めることだけ決めて、解散になったのは三時過ぎ。

「ああ、俺そろそろ会社戻るわ」

日曜日だが淡野は今日も会社に顔を出さなくてはならない。朝一度出社して、同じく休日出勤の吉村に指示を出してから、抜け出してここに来たのだ。

「あ、俺もちょっと実家に用があるから」

淡野が席を立つと、尾崎も一緒になって立ち上がった。ふたりして、友人たちに別れを告げて店を出る。

「っとにカズイはろくなプラン出さないんだから……」

駅に向かって歩きつつ、『尾崎全裸計画』を思い出したのか、尾崎はぶつぶつとそんなことを呟いていた。

「意見出せっつーから出してやったんだろ。皆喜んでたしいいじゃねえか」

「結婚した瞬間離婚させる気か、田野坂を」

軽口を叩き合いつつ、並んで歩く。

それはおかしな揉《も》めごとが起こる前とまったく同じやりとりなはずだった。

なのにどうして自分が尾崎に対して微妙な気分になるのか、淡野は自分で不審な心地になる。

「……ああ、距離か」

「え？」

少し考えてすぐに思い至った淡野の呟きが聞き取れなかったのか、尾崎が隣で首を傾《かし》げる。

別に、と淡野は誤魔化《ごまか》した。

隣を歩く尾崎との距離が、今までより、少し遠いのだ。半歩分くらい。

それに先刻の喫茶店で、尾崎は淡野の斜《なな》め向かいに座った。以前のように隣ではなく。

それは単に、今日はいつもよりも人数が多いとか、話し合いをまとめるために中心にいた尾崎とほとんど傍観《ぼうかん》に徹《てっ》して隅にいた淡野の立場が違うせいだったかもしれない。

それでもやっぱり、今までと微妙に違うことに、淡野は気づいてしまった。

だがそれで尾崎を咎める筋合いがないことくらい、淡野にだってわかっている。いくら今までどおりに接しろと言ったところで、まったく同じようになるはずもないように思えた。

そして目に見えてはっきり避けられているわけでも、距離を置かれているわけでもない。尾崎はさっきも自分から淡野と一緒に駅に行くために声をかけてきたし、今日の集まりだって、招集のメールを寄越してきたのは尾崎だ。

なのに微妙な距離感などというものに不満を覚えて文句を言うのは、勝手だし、あんまり心が狭すぎる。そんなのわかっている。

わかっているはずなのに、どうにもおかしな気分になってしまう自分が、淡野には理解できなかった。

「カズイ?　どうしたんだよ、黙りっぱなしで」

ひょい、という感じに尾崎に顔を覗き込まれて、考えに耽《ふけ》っていた淡野はぎょっとした。

「うわ」

思わず反射的に、尾崎の顔を乱暴に手で押《お》し遣《や》ってしまう。

「痛《い》てっ」

「あ、悪《わ》り」

押《お》し退《の》けるというよりは叩いて遠ざける仕種になってしまい、尾崎が顔を顰める。反射的に淡野は謝ってしまった。

今まで決して、尾崎の言動がムカつくという理由で相手を殴っても蹴《け》っても、一言だって謝ったことのない、淡野が。

「……って、だから近づくなっての、急に」

「ごめん」

つい文句をつけてしまった淡野に、尾崎も苦笑気味に謝った。その苦笑いを見て、淡野は少し腹の辺りがムカムカした。

「何謝ってんだよ」

自分のことを棚《たな》に上げて、淡野は尾崎を責めてみた。尾崎だって、今まで淡野に『距離が近い』だの『気安くべたべた触るな』だのと罵られても、謝罪したことなんて一度もなかった。

睨みつけると、尾崎はやっぱり苦笑いを浮かべている。

どうもあまり、『元どおり』というわけにはいかない気が、淡野にはしていた。

かといってやっぱり改善策も浮かばない。変にぎこちなくなる空気に耐《た》え難《がた》い気分にすらなってくる。

「……」

「……」

結果として、淡野も尾崎も無言になり、ぎくしゃくした空気のまま、駅まで進むことになった。

「──じゃ、俺、こっちだから」

改札機の前で尾崎が言った。この駅からだと、淡野の会社と尾崎の実家は別の路線を使うことになる。

それを見越してこの駅にある店を集合場所に選んだんじゃないか、と、淡野は変な勘《かん》ぐりをしてしまった。だったら最初から、尾崎が自分と一緒に店を出なければすむだけの話だとは、わかっているのに。

「おう、じゃあな」

「あんまり根詰《こんつ》めて働きすぎんなよ。ちゃんと飯喰え」

最後にしっかり釘《くぎ》を刺《さ》すところは、いつもの尾崎だった。

尾崎と別れて電車に乗り込み、会社に戻った淡野は、パソコンを前にしてもあまり仕事が捗《はかど》らず、無意識に溜息ばかりをついてしまっていた。

「淡野さん、調子悪そうすねえ」

バグ取りが上手くいかず、何度目かのエラーを出した淡野の舌打ちを聞き留めて、隣の席から吉村が言った。

「溜息と舌打ちと、今日もう交互に百回くらいやってますよ」

そりゃ大袈裟《おおげさ》な、と思ったが、もしかしたら実際そのくらいやってしまっているのかもしれない。これでは社内の空気が悪くなるばかりだと反省して、淡野は休憩《きゅうけい》のために立ち上がった。

淡野の勤める会社は雑居《ざっきょ》ビルの一角にあり、外の廊下に喫煙所とジュースの自動販売機がある。そこでコーヒーを買って飲んでいると、なぜか吉村もついてきた。

「あれ、小銭《こぜに》ないや。淡野さん奢《おご》ってください」

屈託《くったく》のない笑顔で言う後輩に、怒るのも馬鹿らしくなって、淡野はポケットから取り出した小銭入れを放ってやった。吉村は喜んで自分もコーヒーを買っている。

「ああまた、そんな溜息ついて」

小銭入れを返しながら、吉村が淡野の顔を覗き込む。至近距離まで近づいてきた顔を、淡野は遠慮なく掌で押し遣った。

吉村は全然めげない。

「こないだっから調子悪いですよね。つか、ちょっと前よりもさらに悪くなってるみたいな」

本当に、何も考えてないように見える割に、吉村の観察眼は鋭《するど》い気がする。それとも自分がわかりやすいだけかと、淡野はまた溜息をつく。

「でもそうやって愁《うれ》いたっぷりっていう風情《ふぜい》の淡野さんも、ステキですけど」

そんな淡野を眺めながら、吉村は変なことを言っている。

「元気出してください、また俺奢りますから、今晩辺りどうですか。ぱーっと酒飲んで、ついでに俺と寝たりしたら、きっとすっきりしますよ」

明るい声で、吉村はますます変なことを言っている。

「おまえなあ……寝るってまさか、同じ布団でおやすみなさいってわけじゃないんだろ」

「そりゃそうですよ、俺とエッチしてみませんかってお誘いですよ」

とりあえず淡野は近くにある吉村の頭を掌ではたいてみた。あまり今聞きたい冗談ではなかった。

「アホか、男相手に」

「いやいや、淡野さんなら、男でも全然いけますって」

だがはたかれた頭を押さえもせず、吉村は案外まじめな顔をしている。吉村の場合、まじめな顔をすればするほど、どこか胡散臭《うさんくさ》くはあったが。

「別に俺誘わなくったって、おまえなら適当に女引っかけりゃすぐだろ」

「そうですけど、それはそれとして、淡野さんにお願いしたいです」

真顔なのに、口にするのがそんなセリフのせいかもしれない。

「何でこうしつこく俺にちょっかいかけるんだ」

「だって淡野さんは美人だけどツンケンしてて、生意気じゃないですか」

生意気、などと、まさか後輩から言われると思っていなかった。頭からコーヒーを浴びせてやりたいのを我慢して、淡野はとりあえず先を促《うなが》す。

「だから何ていうんですかね、征服してやりたくなるんですよ。こっち睨んで罵ってばっかの淡野さんをいじめて泣かせて、一回くらい言うこと聞かせたら、きっとスッキリするだろうなーと」

言いながら、吉村が缶コーヒーを持った淡野の手をそっと握《にぎ》る。

「だから一回、やらせてください」

淡野は手加減なく吉村の頭を殴りつけた。

「痛《い》って！　――ほらぁ、だからこういうことするし冷たくあしらうから、ますますつきまといたくなるんじゃないですか。一回させてくれたら満足しますって、俺が」

「バカ。死ね。生き返ってもいいからそこの窓から飛び降りて一回死ね」

ついでに飲み干したコーヒーの空き缶も力一杯吉村に投げつけ、淡野はオフィスに戻った。

背後で吉村が情けない声を上げているが、もちろん無視する。

荒っぽく自分の席に腰を下ろした淡野は、仕事を再開しようとしてキーボードに向けた手を、ふと止めた。

「……」

少し考えてから、携帯電話に手を伸ばす。

だがその手も止めて、淡野は電話を机の書類の上に放り投げた。

それからひとつ大きく息を吐き出すと、今度こそ仕事を進めるためにキーボードに指を乗せ、あとは溜息などつかずに作業を進めた。

◇◇◇

インタホンから、驚いたような尾崎の声がした。

『カズイ？　え、何で……』

仕事帰り、もうすでに日付の変わろうとする時間だ。

連絡もなしにマンションまでやってきた淡野に、尾崎はインタホン越しでもわかるくらい、戸惑っている。

「中入れろ、今日泊めてくれ」

『いや、それはちょっと……』

尾崎が何に抵抗を感じているかは、もちろん淡野にもわかっている。わかっていてここまで来たのだ。

昼間、実家の用事がすんだら尾崎は家に戻ると言っていた。明日は平日だからこの時間には尾崎がすでに自宅へ戻ってきているだろうと目算《もくさん》だけつけて、あえて連絡は取らなかった。

取ればきっと、尾崎は淡野が家に来ることを拒《こば》むだろうと思ったから。

「もう今から駅戻ってたら電車終わる。おまえ、俺に野宿しろって言うのか」

半ば脅《おど》すように言ってみると、わずかな沈黙の後、中から鍵の開く音がした。今度の尾崎の住まいは、急いで引っ越したせいか、以前より造りが古くて、エントランスにロックはかかっていないから直接部屋の前まで進める。

玄関のドアを開けた尾崎は、インタホン越しに聞こえた声と同じくらい、困惑した表情になっていた。

「お邪魔します」

だが淡野はそんな尾崎には構わず、ずかずかと部屋に上がり込んだ。今度の部屋は、前より古いが一部屋分広いらしい。ダイニングとリビングが繋《つな》がっていて、寝室はドアを隔《へだ》てた向こうにあるようだった。

「ふうん、もう片づいてんのか」

淡野は勝手に人の部屋を見回し、言った。急な引っ越しから二週間以上は経っている。几《き》帳面《ちょうめん》な尾崎は、すでに引っ越しの段ボールひとつ残さず荷物をほどいて、整理を終えてあった。

尾崎はコーヒーを淹《い》れるためにキッチンでやかんを火にかけながら、換気扇《かんきせん》の下で煙草《たばこ》を吸っている。表情は相変わらずだった。

「で——どうしたんだ？　泊めろって、ここだったら、カズイの家に帰った方が楽だろ」

尾崎がどことなく落ち着かないでいる様子が、淡野にもわかる。困っているというより、気まずいのだろうということも。

「用があるから来たに決まってんだろ」

淡野は手にした鞄《かばん》をリビングのソファに放り投げ、自分も勝手にそこに腰を下ろした。背もたれに寄り掛かって、ネクタイを緩《ゆる》める。

「外じゃ駄目《だめ》なのか」

どうも尾崎が自分と一緒にいたくはない口振りで喋《しゃべ》っていることに、淡野は少し苛ついた。自分に近づかないように、さっさとキッチンに逃げ込んで、煙草を吸って距離を置こうとしている態度にも。

この部屋が以前のように便利な場所にない——自分が来ないことを想定して選ばれた物件だということにも。

「ちょっと考えたんだけどな」

その苛立ちをどうにか抑え込んで、淡野はソファに寄り掛かったまま尾崎の方を見遣った。

尾崎の質問、というよりも懇願《こんがん》を無視して勝手に話を進める。

「何を」

「おまえ、俺を好きって、寝たいとかそういうの？」

「……」

尾崎の表情が、硬くなる。ますます気まずそうになって、横を向いてしまった。

「急にするか、そういう話」

「そりゃしなくてすむなら俺だってしたかねえけど」

眉を顰めながら、尾崎がまた淡野に視線を戻す。

淡野はそれをソファからじっと見遣った。

「一回くらいならいいぞ」

「……は？」

「一回くらいならおまえと寝てもいいって言ってんの」

「……」

尾崎は右手に煙草を持ったまま、左手で額《ひたい》を押さえて、深々と息を吐き出した。

「待てよ。何の話だよ」

「今日吉村と話しててさ。ほら、こないだおまえも会ったアホな後輩」

「だから、何を」

「あいつが俺に執《しゅうちゃく》着する理由を聞いたんだ」

尾崎の表情がかすかに曇った。淡野は何となくそれから目を逸《そ》らし、意味もなく天井を見上げる。

「俺が生意気だから一回征服してみたい、したら満足するとか。無茶苦茶な言い分だけど、まあ全然わからなくもない。尾崎も他の奴には親切で優しいのに、俺にだけケンカふっかけるっていうのは、そういうことかなと」

「――で？」

先を促す尾崎の声音が変に冷たいことには気づかないふりで、淡野は続けた。

「だからおまえも一回やったらスッキリするのかと思って」

「……」

返事は聞こえなかった。

相手の様子を見ようと淡野が天井に向けていた顔を前に戻そうとした時、目の前が翳《かげ》る。何だ、と思って見上げるより先に、頬に痛みを感じた。

「ふざけんなよ」

絞《しぼ》り出《だ》した声は、怒りよりも、悲しみが滲《にじ》んでいるように聞こえた。

尾崎に、殴られた。

それがわかって反射的に抗議しようと口を開きかけた淡野は、声音と同じ尾崎の表情を見て、言葉を呑み込む。

「……ふざけんな」

もう一度言って、尾崎は不意に身を屈《かが》めた。

また殴られるのかと、淡野はつい身構えるが、尾崎はソファの横に置かれた鞄に手を入れて、中から財布を取り出している。

紙幣《しへい》を何枚か、テーブルの上に置いた。

「タクシー代。電車ないなら、車で帰れ。大通りに出ればすぐ摑まるから」

淡野が見上げると、尾崎もじっとそれを見返してくる。はっきりと傷つけたことがわかる相手の顔に、淡野は殴られたことに対する文句なんて、やはり口にできなかった。

「帰れ。頼むから、帰ってくれ」

そう言うと、尾崎はリビングの奥の部屋に入って、ドアを閉めてしまった。

淡野はしばらくテーブルの上に置かれた紙幣をみつめて、それには手をつけず、立ち上がる。

閉ざされたドアの向こうにかける言葉を考えてはみたが、何も浮かばない。

「……クソ……」

ぐしゃっと、自分の髪を掻《か》き混《ま》ぜ、淡野は荒っぽい足取りで尾崎の部屋を後にした。

◇◇◇

もう本当におまえらは大概《たいがい》にしろよ、と真顔で山辺に詰問《きつもん》された。

「何で今日急に敦彦《あつひこ》が来ないとか言い出したのか、説明してみろ。田野坂の式もいい加減近いのに、集まれんのあと今日だけなんだぞ」

前回仲間内で集まった時から半月後、最終的な打ち合わせをする予定だった休日に、淡野は時間より少し早く待ち合わせの喫茶店に来いと言われて足を運んだ。店には山辺と、それに栗林が待ち構えていた。

「今度は一体何なんだよ。おまえ、田野坂は嫁さんマリッジブルーで暴《あば》れて大変だってのに、またおまえらが揉めたとかなんて聞かせられないぞ」

「そうだよ淡野、こう何回もだと、ちょっとどうかと思うぞ」

山辺と栗林両方に責められて、淡野は憮然とテーブルに頬杖《ほおづえ》をついて横を向いた。

「おまえらノータッチだって言っただろ」

「そもそも巻き込むなって言ったんだよ。言っておくけど俺は田野坂の結婚式で、敦彦かおまえが来なくて気まずい思いするのも、来てぎくしゃくして気まずい思いするのも、絶対御免《ごめん》だし許さないからな。いいから吐け、何しでかしたのか白状しろ」

珍しく本気で立腹しているらしい山辺の声音と、呆れきった顔で自分を見ている栗林の視線に負けて、淡野はしぶしぶと二週間前の夜のことを説明した。

不貞腐《ふてくさ》れた口調で話し終えた淡野に、山辺も栗林も、すぐには言葉が出てこない様子だった。

「お……おまえ……」

山辺が、信じられないものを見る目つきで淡野を見ながら口を開いた。

「謝れ！　今すぐ敦彦に謝れ、土下座《どげざ》して謝れ！」

「何でだよ」

ますます憮然と、淡野は横を向く。

「何でもクソもあるか、おまえ無神経にもほどがあるぞ！　高校ん時のあれは多少は仕方ないかと思ってたけど、今回のそれはまともな神経持った大人の言うことじゃねえぞ！」

「うん、悪いけど俺も、かなりひくわ……」

非難囂々《ひなんごうごう》だ。

しかし、山辺や栗林に言われなくったって、本当は淡野にもわかっていた。

自分は言ってはいけないことを言った。

尾崎が怒るのも傷つくのも当然だ。

「でも仕方ないじゃねえか」

「何が！」

「……そうでもしなけりゃ、何つーか、こう……」

上手く説明できず、淡野は苛々と自分の両手を見下ろして、それで頭を抱えた。

「ああクソッ、失敗した！」

荒っぽく声を上げる淡野に、糾弾《きゅうだん》していた山辺の勢いが少し、気圧《けお》されたように弱くなる。

「な、何が」

「嫌だったんだよ、あいつが遠慮がちにこっち見てたり、目ェ逸らしたり、変な距離置いたり……それが全部別に不自然ってほど不自然じゃないから文句も言えないし、そもそも俺が文句を言うのも違うっていうのはわかるし、でもとにかく、ムカついて嫌なんだよ」

あんなことを言えば尾崎が怒るということは、淡野も薄々理解していたのだ。

むしろ怒って、何かがぶっ壊れてしまえばいいんだと、どこかで願っていた。

そんな自分の本心に気づいたのが、尾崎が本当に怒って、だが怒りよりも悲しみで顔を歪《ゆが》めたのを見た瞬間なのだから、我ながらたしかにどうしようもない。

あの時すぐに謝るべきなのもわかっていた。

だが自分が謝って、それでその後どうすればいいのかまではわからなかったのだ。

悪かったな、じゃあ今のはナシでやっぱり以前と同じように——とか。

さすがにそれは都合がよすぎるだろうと思ったら、何も言えなくなって、しっぽを巻いて尾崎の家を出るしかなかった。

「尾崎め……俺をここまで悩ませるとは……」

呻《うめ》く淡野に、山辺と栗林が顔を見合わせている。

苦悩する淡野をしばらく戸惑ったように眺めてから、山辺の方が口を開いた。

「カズイさあ。俺がこう言うの何だけど、敦彦は、昔っからはたで見てて可哀想《かわいそう》なくらいおまえのこと大事にしてたんだぞ」

「大事って、人の顔見りゃケンカふっかけてくるのが大事にするってことなのか」

「おまえ、敦彦が三年の二学期の『将来就《つ》きたい職業』のアンケートで何書いたか、覚えてるか？」

「アンケート？」

「あ、俺覚えてる。担任がすげぇ怒ってたから。『陰陽師《おんみょうじ》』だろ」

頷いて答えたのは、栗林。淡野も思い出したように言った。

「あー……何かあったな、それ。あいつ頭いいのに突然アホなこと言い出して、職員室で説教されてた……」

そう、と山辺が相槌《あいづち》を打つ。

「あの頃カズイ、毎晩悪夢見てよく眠れないって言って、参ってただろ。そんで皆がおもしろがってそれは霊障《れいしょう》だとか、祟《たた》りだとか言ってて」

「ああ？　そうだっけ？　それは覚えてないけど」

「そうなんだよ。だから敦彦は、自分が拝《おが》み屋《や》になればカズイを救えるとか思い詰めて、隣のクラスの神主《かんぬし》の息子に就職方法聞きに行ったり」

「ちょっと待て、そんな理由だったのか？」

「そう。あいつそれものすごい大まじめに考えてたんだよ」

力説《りきせつ》する山辺に、栗林が「それはたしかに尾崎の頭が可哀想だ……」と感心したように呟いている。

淡野は何だか途方《とほう》に暮れてきた。

「本気でアホじゃねえのか、あいつ」

「だから本気でアホなんだよ、こと、カズイに関しては」

重々《おもおも》しく断言してから、また頭を抱えてしまった淡野に向かって、山辺が溜息をついた。

「そういうくだらないことから、おまえの親父さんが亡くなった時とか進学問題の時も、すっげぇまじめに悩んで、いっつもカズイのことばっか考えてて、でもそれがバレたらおまえを困らせて嫌われるだけだって、必死になって隠してきたんだ。そういう敦彦の気持ち、頼むからもうちょっとは汲《く》んでやってくれよ」

「……」

「こないだカズイが敦彦に『今までどおりにしろ』って言った時、俺、正直よくあいつ頷いたなと思ったよ。そんな生殺しみたいなの、今まで以上に辛《つら》いだろ、向こうにしてみたら。カズイは今までどおりにさせてやってるって思ってるのかもしれないけど、敦彦にしてみたら、そんな一回ヤッてお終《しま》いなんて言われるくらいなら、一刀両断《いっとうりょうだん》に斬り捨ててくれた方がなんぼかマシだって感じるんじゃないのか？」

山辺に、淡野は返す言葉がない。

どうもきっと自分は、高《たか》を括《くく》っていたのだろうと、ようやく気づいた。

尾崎が自分のことを好きで、だから、どんなことを言っても最終的には自分のことを許すだろうと。

どうせ尾崎は自分のことを好きなんだから、と。

そう理解して、淡野は自己嫌悪に陥《おちい》った。いろいろと軽く考えすぎていたのかもしれない。

「な、別に敦彦の気持ちに応《こた》えろとかそういうこと言ってるんじゃないんだ。ただあいつの気持ちないがしろにとかさ、結果的にそういうふうになることだけは、勘弁《かんべん》してやってくれ」

山辺がそう言って頭を下げ、淡野が何も応えられないうち、他の友人たちが店に現れた。

全員揃ったところでまた田野坂の結婚式についての打ち合わせが始まったが、淡野はそれに参加せず、席を立った。

店の外に出て、携帯電話を取り出す。道の端で、尾崎の新しい携帯電話番号を選んで通話ボタンを押した。

数回のコールの後、電話が繋がった。

『……はい』

「あー、俺」

『……』

店の外から、窓越しに友人たちが話しているのが見える。それを眺めながら、淡野は気まずくて話しづらい気分をどうにか向こうに押し遣って、言葉を続ける。

「こないだは、悪かったな」

『……』

「無神経な、ひどいこと言った。謝る」

電話の向こうから、声は聞こえなかった。怒って黙っているのか、返事に困っているのか、気配だけでは淡野にはわからなかった。

わからなくて落ち着かない。落ち着かないから、さらに言葉を紡《つむ》ぐ。

「山辺からいろいろ話聞いた。何つーかその……本当、悪かったよ」

『……あいつ……』

山辺から聞いたいろいろな『話』がどういう類《たぐい》のものだったかすぐに悟《さと》ったのだろう、尾崎は、苦笑気味な声をやっと漏《も》らした。

「でも俺の身にもなってみろよ、おまえのことは、ムカつくけどまあそれなりに普通の友達だって思ってたのに、好きだとか、そんなこと言われたら混乱するに決まってるだろ」

『……そうだな』

尾崎の声音には、やっぱり苦笑じみたものが滲んでいる。

「混乱してて、深く考えられなかったんだ。だから――」

『いいよ』

淡野の言葉を遮《さえぎ》るように、尾崎が穏《おだ》やかな声で言った。

『俺だってカズイを悩ませる気はなかった。だから二度と会わない方がいいと思ったんだ。こういうふうになるだろうなって、おまえの性格からして、大体わかってたから』

「……」

『でもまあ、そういうおまえのこと好きになったんだから、仕方ないよな』

尾崎の声が、優しくて、あんまり穏やかだったせいで、淡野はどこか心許《こころもと》ない心地《ここち》になった。

「尾崎――」

『困らせて、殴ったりまでして、俺こそ悪かった。顔合わせるの気まずくて今日行かないって言ったけど、今からちゃんと行くよ。田野坂の式、ちゃんと盛り上げてやらなきゃな』

「あ、ああ」

『じゃあまた後で』

そのまま電話が切れた。

淡野はしばらく液晶画面を眺めてから、携帯電話を折りたたんでポケットにねじ込む。

「……」

尾崎とまた揉めたわけでもないのに、淡野は変なふうに自分の胸がざわめいていることに、当惑していた。

自分がどうして、何を、こんなに不安になっているのか、よくわからなかった。

◇◇◇

夏真っ盛りの大安吉日に、田野坂の結婚式が無事執《と》り行《おこな》われた。

淡野たち友人グループも無事披露宴《ひろうえん》でスピーチをすませ、余興《よきょう》の歌や踊りで盛り上げることに成功し、綺麗《きれい》な花嫁姿に皆で感動し、万感《ばんかん》胸に迫《せま》る思いからか涙ぐむ田野坂につられて目を赤くする者もありつつ、とにかく、滞《とどこお》りなく終えることができた。

披露宴の後は、式場近くのレストランでの二次会に移った。田野坂や花嫁の学生時代、勤め先の親しい友人が中心になって、ビンゴ大会だの、カラオケだの、手品だのと、披露宴よりざっくばらんな調子でこれまた盛り上がっている。

「うーわー、田野坂の顔、すっげぇだらしねえなあ」

自分と嫁のプリクラ写真を引き伸ばしてプリントした怖《おそ》ろしいTシャツを着こなした田野坂が、飲まされて酔っぱらった真っ赤な顔で、あちこちに酒を注《つ》ぎ回《まわ》っている。その様子を見て、山辺がおもしろがってデジカメを向けた。

「やー田野坂の嫁さんほんと美人だな。その友達も美人ばっかだな」

栗林や他の友人たちは、花嫁を囲《かこ》むその友人女性たちを見てやにさがっている。たしかに花嫁は田野坂には勿体《もったい》ないと皆が口を揃えて言うくらいの美人で、類は友を呼ぶのか、会場には綺麗どころが揃って華やかな様子になっていた。

「で、やっぱこういう席だと尾崎が全部持ってくんだよな」

やっかみなど通り越して呆れた口調になり、高校時代の同級生のひとりが言った。

途端、山辺と栗林がそっと窺《うかが》うように自分の方を見たのがわかって、淡野は彼らを睨み返した。

「何だよ」

「い、いや、別に」

山辺たちは慌てて余所《よそ》を向いた。

別に気を遣われる謂《い》われはないのに、山辺たちが自分を気にしている様子なのが淡野には癪《しゃく》に障《さわ》る。

二次会の会場に移った瞬間、尾崎はあっという間に女性客に囲まれた。話しかけられ、酒を注がれ、料理を取り分けられて、実に愛想《あいそ》よく全員に笑顔を振りまいている。

そんなのはありふれた光景だ。淡野は合コンが面倒で嫌いだったが、頭数合わせで呼ばれて仕方なく行った時、大抵尾崎もそこにいて、そして大抵今みたいに女にちやほやされている。

尾崎は如才《じょさい》なく振る舞って、相手の服を褒《ほ》め髪を褒めセンスを褒め、気が利《き》くと褒めて皆をその気にさせるのが上手い。

そういうところが気に喰わないのは昔からで、別に『今』だからおもしろくない気分になっているわけではないと、淡野は尾崎を眺めて酒を飲みつつ自分で自分にたしかめてみる。

「淡野さん、さっきのビンゴで、何当たったんですか？」

不景気《ふけいき》な顔で酒を飲んでいる淡野のそばに、気づけば若い女性が三人ほど群《むら》がっていた。新婦の会社の同僚だという女性たちだ。名乗り合った覚えはないが、席次表を見たか新婦に聞いたかして、淡野の名前を知っているのだろう。

「アロマキャンドル」

「えー、淡野さん、アロマとかやるんですかあ？」

彼女たちも酒が回っているのか、無闇にテンションが高く、大きな声で笑いながら訊ねてくる。

今日は飲んでもいまいち酔えない淡野は、面倒な気分で、ビンゴの景品でもらった袋を彼女たちに向けて放り投げた。

「やんねえよ。欲しくて取ったわけじゃない、やる」

「やだー、嬉しいー！」

紙袋を受け取って、彼女たちははしゃぎながら他の仲間のところへ戻っていった。

「おっ、おまえー、勿体《もったい》ねえなあ、名前聞いてメアド交換するなり何なりしろよ、今のあからさまに淡野狙《ねら》いだろうが」

そばで様子を見ていて、隙《すき》あらば会話に混じろうと身構えていた友人たちが、淡野の素《そ》っ気《け》ない態度を非難した。

「せめて俺らに話振るくらいしろよ、おまえや尾崎と違って入《い》れ喰《ぐ》いじゃないんだからこっちは」

知るか、と淡野はまた酒を呷《あお》った。

尾崎ばかりではなく、淡野の周りにも女性たちが集まろうとしては、その不機嫌そうな様子に怯《ひる》んで去っていく——というのを、実は、さっきから繰《く》り返《かえ》していた。

見かねた山辺がそっと淡野に耳打ちする。

「カズイ、めでたい席なんだから。もっと愛想よくしろって」

「いつもこんなもんだろ、俺は」

元々酒が入ったからと言って、率先《そっせん》して騒ぎ立てる性格でもない。

だからそう言ったのに、なぜか、山辺が肩を竦《すく》めたのにまた淡野はムッとする。

そんな調子だったが二次会も無事済んで、明日からの新婚旅行に備えてホテルへ戻るという新郎新婦を見送った後は、残った客で三次会まで雪崩《なだれ》込《こ》もうという話になっていた。

「あれ、カズイ、次行かないのか？」

二次会に出た大多数の客たちが、次の店に移動しようとしていたが、淡野はそっと駅へ向かって歩きだそうとしていた。気づいた山辺が声をかけてくる。

「ああ、明日も仕事だし」

今日は土曜日だったが、淡野は明日の日曜また休日出勤の予定だった。山辺が残念そうに頷く。

「そっか、大変だな。じゃあ気をつけて帰れよ」

「他の奴らによろしくな」

山辺と別れて再び駅に向かいかけた淡野を、今度は別の声が呼び止めた。

「カズイ」

夜道を振り返ると、尾崎が立っていた。

「帰るのか？」

淡野は頷いた。

「今日休んだ分、明日も朝から出て取り戻さないとな。週明け納期《のうき》が被《かぶ》ってるんだ」

「帰る前に——」

少し離れた位置にいた尾崎が、数歩進んで、淡野の近くまでやってくる。淡野はそれを見上げた。

「言っておくな。俺、カズイのこと吹っ切ろうと思う」

「……」

穏やかに笑いながら、尾崎が、淡野を見返して言った。

「これまでどおりにつき合ってカズイは言ってくれてたのに、ずっと気持ち引《ひ》き摺《ず》っててすまなかった。もう煩《わずら》わせない」

「……そうか」

「ああ。改めて友達としてやってかせてくれ」

ごく軽く、尾崎が淡野の腕を叩いた時、二次会に使った店の方から女の子たちの声が聞こえた。

「尾崎さーん、皆行っちゃいますよ、早く来てぇ！」

「わかった、すぐ行きます！」

振り返って彼女たちに返事してから、淡野の方を向き直って、尾崎がまた笑う。

「それじゃまたな、あんまり根詰めて仕事すんなよ」

そう告げると、尾崎は彼女たちの方へ小走りに戻っていった。

「……」

その後ろ姿を眺めながら、淡野は、妙に痛んでいる自分の胸を感じていた。

尾崎が言ったのは、最初から自分が望んだことだ。

今までどおり、つまらない喧嘩をしても結局腐《くさ》れ縁《えん》の友人同士としてほどほどの距離で楽しく過ごす、そういう関係に戻りたかった。だから強制的に尾崎にそれを約束させた。皆の前でぶん殴ってまで。

それからも変に遠慮がちだったり、ぎこちなかったりする尾崎の態度が嫌で、それをやめて欲しくて苛立ち続けていた自分にとっては、これはきっと喜ぶべきことなのだ。

そう思うのに、淡野の気はちっとも晴れない。

気抜けしたような、肩すかしを喰ったような、何か肝心《かんじん》なものを取り落としてしまったような、妙な具合だ。

その理由がわからず、ひとり首を傾げながら、淡野は微妙に重い足取りで駅の方へと歩き出し直した。

## 4

八月だというのに夏休みを取る余裕などもちろんなく、土日の休みもそこそこに、淡野《あわの》は相変わらず仕事漬けの毎日だった。

田野坂《たのさか》の結婚式が終わったので、いつもより頻繁《ひんぱん》に顔を合わせていた友人たちとの集まりもしばらくは予定がない。

自宅と会社を往復するだけのつまらない日々だったが、よけいなことを考えずにすむ分、淡野は自分の就《つ》いた激務《げきむ》に感謝していた。

そのまま九月に入り、ちょうど抱《かか》えていた仕事が一段落したタイミングで、一緒に結婚式に出席した友人から連絡があった。あれこれ写真を撮ったが、集まる機会がないので、暇を見つけて個別に手渡ししてくれているらしい。

「これ淡野の分な。メールで渡せりゃ楽だったんだけど、結構容量大きかったから」

飲み屋で、デジカメのデータが入ったＣＤ－ＲＯＭを渡され、淡野は友人の村上《むらかみ》に礼を言う。

ふたりでゆっくり会うのはひさびさだったので、お茶を飲みながらお互いの近況報告などをしているうち、村上がふと思い出したように言った。

「そういや二次会の時に、田野坂の嫁さんの高校時代の友達っていう、ピンクのワンピースに白いショール巻いてた、髪の長い、すっげぇ可愛《かわい》い子いたろ」

「覚えてねぇよ、そんな細かいとこまで」

知らない女の着ている服になど興味がない。村上がよく見ているものだと淡野は感心した。

「それがどうかしたのか」

「こないだ尾崎《おざき》にも写真渡すからって会ったんだけど、その子と一緒に来てたんだよ」

「――へえ」

その名前と、村上の言葉の内容に、淡野は変に動揺して手にしていたコーヒーを零《こぼ》しそうになったが、どうにか堪《こら》えて体裁《ていさい》を繕《つくろ》う。

結婚式の二次会後以来、努《つと》めて考えないようにしてきた相手のことだ。

「すげぇ仲よさそうでさ。これから映画だか絵画だか観《み》に行くっていうんで、邪魔しちゃ悪いと思って俺はすぐ別れて……いやー、ムカつくけどこれがまた、似合いのふたりっつーの？上手くやったよなあ、尾崎の奴」

尾崎とは会っていないし電話で話してもいない。メールもしていない。そうでなくとも、尾崎は昔から自分のつき合う彼女のことを、自分から淡野に話したりすることはなかった。

「でー……」

明るく噂話をしてから、急に遠慮がちな様子になって、村上が淡野を見た。

この雰囲気に淡野はとてもよく覚えがある。二次会の時に、山辺《やまべ》や栗林《くりばやし》が自分に向けて取っていた態度とそっくりだ。

「淡野は、それでいいのか？」

そういえばこいつが、栗林と『尾崎と淡野はヨリ戻ったんだな、よかったな』などと話していた相手だと、淡野は思い出す。

「いいも何も……」

その勝手な憶測《おくそく》や、それを元にしてわざわざ尾崎と新しい彼女について教えてくれる村上に、淡野は怒りを覚えることもなかった。

どうも気抜けしてしまうというか、イライラするのすら面倒臭《めんどうくさ》い気分だというか。

「別に俺には関係ないことなんだけど」

そう言いつつも、淡野は自分の中に、表現しがたいもやもやしたものがわだかまっているのを感じている。

村上と別れた後も、その次の日出社した後も、気分どころか体も重くて、ろくろく仕事をする気も起きなくなってしまった。

「まぁた淡野さん、絶不調ですねえ」

仕事上の用もないくせに、吉村《よしむら》が勝手に淡野の顔を覗《のぞ》き込《こ》んで、しかつめらしい顔で言っている。

「こないだより重症な感じ。よくないなあ、不機嫌な淡野さんはステキだけど、テンションがだだ下がりにもほどがある淡野さんは心配だなあ。元気出すために飲みに行きましょう。俺とデートして憂《う》さ晴《ば》らしですよ」

就業時間中だというのに、周りの目も気にせず、吉村が淡野に誘いをかける。

もっとも他の社員も慣れたもので、吉村が相変わらずしつこく淡野を誘おうが、しつこすぎて殴られようが、誰も諌《いさ》めないし助け船も出さず、黙然《もくねん》と自分の作業を続けていた。

「おまえは、悩みがなくていいなあ」

いっそ吉村の性格が、淡野には羨《うらや》ましくなってくる。この軽い後輩を羨む日が来るなんて、淡野は思ってもみなかった。

「ついでに惚《ほ》れてもいいですよ？」

「アホか」

吉村のことは放置して、淡野は仕事を続けた。

だがパソコンのモニタを眺めていても、プログラムの構文の羅列《られつ》が意味のあるものに見えなくて、手が止まってしまう。

不意に村上の報告を思い出しては、そうか、じゃあ、今頃尾崎はピンクのワンピースの彼女と上手くやっているのか、だとか――

気を抜けばそんなことばかり考えてしまって、参《まい》った。

尾崎からは相変わらず電話のひとつもない。今までどおりに、というのなら、三日に一度は「メシ何喰った？」とか「今やってるテレビ見てるか？」とかしょうもないメールが来て、週に一度は「まだ会社なのか、たまには早く帰れよ」などと電話が来て、二週に一度は「だから人のベッドに寝るなら靴下を脱げ」とうるさく言いながら自分とはサイズの違う淡野のために用意してある着替えを寄越《よこ》してくれるはずだ。

よくよく考えてみれば、尾崎以外の誰とも、淡野はそんなつき合い方をしてこなかった。吉村は顔を見ればしつこく話しかけてくるが、この会社で、それ以前に勤めていたところでも、同僚とあまり親しくつき合うこともない。専門時代の同級生とはあまりそりが合わなかった。

田野坂や山辺とはたまにメールや電話をするが、尾崎の時みたいに頻繁《ひんぱん》じゃない。

でもこの歳で、男同士なら、それで普通なのだろう。

尾崎くらい自分に手間暇《てまひま》かける存在の方がおかしいのだ。

淡野はもともと人づきあいに執着《しゅうちゃく》する方じゃない。誘われなければ田野坂たちと自分から積極的に会うこともない。向こうからアクションしてくれなければ——尾崎と連絡を取ることもない。

そういう自分によくもこれまで根気《こんき》よくつき合っていたものだと、淡野は、今さら何だか感動する気分になっていた。

今さら、尾崎のことをまじめに考えてしまうようになっていた。

高校の頃から六年以上も、尾崎がずっとこんな自分を好きでいてくれたなんて、まったく奇蹟だ。

——だがそれも、もう終わるのだろう。

可愛い女の子とうまくいっているのなら、尾崎にとって普通の倖《しあわ》せなんだから、邪魔しちゃいけない。

それがどうにもおもしろくない気がして、余所《よそ》に構う暇があったら、俺に連絡して来やがれとか、そんなことを思って苛《いら》ついたりしちゃいけない。

(ああ……あいつは、そうやって俺のこと、ずっと大事にしてくれてたんだな)

前に山辺が言った言葉が、ここへきてようやく実感として理解できるようになった。

高校時代に自分に彼女ができた時の話とか、初めて女の子と寝た時の話なんて、尾崎は一体どんな気分で聞いていたのだろう。

多分、今の自分と同じくらい胸がムカムカして、情けなくて、それで悲しい気持ちだったんじゃないかと思う。

「俺って勝手だよな、吉村」

仕事もしないままモニタをぼんやりみつめていた淡野を、やっぱり仕事もせずに吉村が眺めている。

「そこが淡野さんのいいとこっすよ！」

何がとかどこがとかも聞かず、吉村が元気よくそんな慰《なぐさ》めにもならないことを言った。

おかげで淡野は、久し振りに笑い声を上げてしまった。

「おい、飲みに行くか？　奢《おご》ってやるよ」

「マジっすか！　やったー！」

笑ったついでにそう言ってやると、吉村は大声を出して両手を上げて、さすがに他の社員に怒られていた。

◇◇◇

「淡野さん、そろそろ飲み過ぎですよー」

「バカこれからだろ、これから」

テーブルの上には、空《から》になったビールのジョッキがいくつも載《の》って、もうはみ出しそうだ。

週末の居酒屋は忙しいのか、なかなか空《あ》いた皿を持っていってくれない。

「さっきから飲んでばっかじゃないっすか、喰いもんもちょっとは入れないと、悪酔いしますよ？」

「うるせぇな、おまえは俺のお母さんかっての」

くだを巻きつつ、淡野は自分のセリフに既視感《きしかん》を覚えて眉を顰《ひそ》めた。

前にも誰かに言った気がする。

「お母さん、いいですねえ、お母さんと幼児ごっことかどうですか、おむつプレイ」

「おまえはもー口開くとそういうくだらねーことばっかなあ」

「だって俺全然諦《あきら》めてませんもん。何でもいいから一回くらいしてみましょうよ」

「何でもいいからって言《い》い種《ぐさ》があるかよ」

またビールを呷《あお》り、淡野は吉村を据《す》わった目で睨みつけた。

「だいたいおまえな、口説《くど》き文句がいちいちストレートなんだよ。それじゃ落ちるもんも落ちるわけないっての。いつもそんなふうなのか?」

「まさかぁ。これは対淡野さん用ですよー」

淡野の飲酒量を諫めつつも、吉村だって先刻から結構な量を飲んでいる。だが強い方らしくて、一向《いっこう》に乱れる様子はなかった。ご機嫌なのは素面《しらふ》の時と一緒だ。

「だって淡野さんにムード出して甘い言葉を囁《ささや》いたって、絶対気持ち悪いとかってひくだけでしょ? だったらストレートにエッチしたいエッチしたいエッチしたい! って言い続けたら、言われるのも嫌になって一回くらいならいいかって思う確率の方が、絶対高いじゃないですか」

「……おまえ……無駄《むだ》に頭使ってるんだなあ」

しみじみと、吉村には感心させられることばかりだ。

その使い処《どころ》と方向性が、はなはだしく間違っている気がしないでもないが。

「よしわかった、一回くらいなら、やらせてやる」

何杯目かのジョッキを空にして、それをテーブルへ置く勢いに任せ、淡野はそんなことを口走った。

「マジすか！」

「おーマジマジ。そうだよな、別に減るもんでもなし、一回くらい試してみたってバチは当たらないよな」

いろいろと考えるのが面倒になって、自棄糞《やけくそ》気味に、淡野はそう言って立ち上がった。

「オラ行くぞ、空《あ》いてるホテル捜そう」

「はい喜んで！」

嬉々《きき》として返事をする吉村と、肩を組んで店を出てホテル街に向かう。

週末のせいか満室だらけの中でやっと空いているホテルをみつけて部屋に入ったところまではよかったが、シャワーを浴びて出てくる間に、淡野は酔いが覚めて冷静になってきてしまった。

「……って何やってんだ、アホか俺は……」

「あれ、何で着てるんだ？」

脱いだ服をきっちり着込んで戻ってきた淡野を見て、ベッドでごろごろしていた吉村が首を傾《かし》げている。

「やっぱりやめた。帰る」

「って、えええええ、ここまで来てそれはないですよ。許されませんよ」

吉村が素早く起き上がり、ベッドに放り出してあった自分の荷物を取ろうとする淡野の腕を摑《つか》んだ。突っぱねようとしたが力で負けて、淡野は吉村にベッドの上まで引っ張り上げられる。

「苦節《くせつ》三ヵ月、やっとここまで漕《こ》ぎ着《つ》けたのに、逃がすわけがないでしょう」

ぐっと顔を近づけて来る吉村は、思いのほかまじめな顔をしている。軽薄《けいはく》なことを軽薄な調子で言わず、真剣な顔をしていれば、吉村だって結構見られる男前なのだ。

――などということを淡野が考えているうち、その吉村の顔が至近距離に近づいて来る。

「悪い、無理」

「――ッ」

強引な力で身を寄せようとする吉村の腹に、淡野は反射的に拳《こぶし》を入れた。

呻き声を上げて、吉村がベッドの上に崩れ落ちる。

「ひ……ひでぇぇぇぇ……」

ベッドで腹を押さえて情けない声を上げている吉村の肩を、淡野は慌てて揺さぶった。つい、遠慮のない一撃《いちげき》を見舞ってしまった。

「おい、大丈夫か」

「もー……ほんと人でなしだなあ、淡野さんは……いくら俺でも傷つきますよー……」

淡野には、まったく返す言葉がなかった。酒に酔った勢いだとはいえ、自分に好意を持つ相手とラブホテルに来て、風呂まで入って、やっぱりやめただなんて、あまりにひどい仕打ちだ。自分が吉村の立場だったら、情けなくて泣けてくるだろう。

「すまん。気の迷いだった」

淡野は吉村に向かって、頭を下げた。

「まあ、そんな気はしてましたけど……」

大きく溜息をつき、腹を押さえながら、吉村はベッドの上でぐったりしている。

「俺がロクでもない男だったら、一服盛って無理矢理やっちゃうこともできるんですよ。なのにそれをしない俺の男心を多少は汲《く》んで下さいよ」

淡野には耳が、というより胸が痛かった。

自分がこの間尾崎にしたことも、これと同じだ。

まったく成長がない。

「きっとおまえのことも、傷つけてたんだなあ、俺……」

気づかないことや知らないことが言い訳になるとは思えなかった。淡野は、本当は自分がただ考えようとしていなかっただけだと、今ではわかっている。

淡野が恥じ入って黙り込んでしまうと、少しして、吉村がむっくり体を起こした。

「つっても、俺の態度がこんなだから、本気に取られるわけないってのは知ってますけどね」

乱れた髪を片手で直しながら、吉村が大きく息を吐く。

「本気だと逃げちゃいそうな相手に、本気は見せません。それは俺が面倒臭いからで、あわよくばと思ってたのはたしかだから、淡野さんを責めるトコでもないのは承知です」

「面倒臭いのか」

「本気なのにフラれて格好《かっこ》悪《わる》いのとか、傷つくのとかは面倒臭いですよ」

「そういうもんか……」

「まあ淡野さんにはわかんないでしょうねえ」

たしかに、淡野にはよくわからなかった。フラれて格好悪いと思ったことはないし、傷つくのは嫌だから欲しいものを我慢しようとしたこともない。

それ以前に、本気でこれが欲しいと思うようなものも、そう持っていなかったが。

「そういうとこが淡野さんって、ムカつくんですよね。ガツガツしてなさすぎて嫌になる。人の好意を無下《むげ》にしておいて、それでも自分が嫌われたりするなんて思ってもいないような態度が腹立つから、一回滅茶苦茶《めちゃくちゃ》に泣かせてイヤって言わせたりイイって言わせたりしてみたいなあと思ってたんだけど……」

後半はともかく、前半はまた淡野の耳に痛い。

神妙《しんみょう》に頭《こうべ》を垂《た》れている淡野を見て、吉村がちょっと笑った。

「思ってたのとは別の方向性で淡野さんへこませることができてまあ満足だし。しょんぼりしてる淡野さんを見てたら、冗談とか一回だけじゃすまなくなりそうだから、もうやめます」

吉村がそう言って、ベッドを降りる。

「出ましょう、密室にふたりだと間が持てなくて、押し倒すくらいしかすることがなくなる」

淡野はなるべく急いで、自分の荷物を手に取った。精算機で金を払って部屋を出る。

廊下でもエレベータでも、お互い口をきかなかった。吉村は普通の顔をしていたが、もう一回くらい謝っておいた方がいいのだろうか——と淡野が思った時、エレベータが一階に着いた。

開いたドアの向こうに別の客の姿をみつけて、淡野は咄嗟《とっさ》に顔を伏せた。

そういえば酔っていたせいもあって、男同士だというのに堂々と普通のラブホテルに入ってしまい、今も考えるべきことが多すぎて頭が一杯になっていたから、吉村と時間差で部屋を出るとか、そういうことに気が回らなかった。

「あれ？」

きっと向こうの客も怪訝《けげん》に思っているだろう、さっさと逃げよう、と思っていた淡野の耳に、軽く驚いたような吉村の声が届く。

エレベータを並んで下りながら、吉村が淡野に小さく囁いた。

「あの人って、こないだの？」

「え……」

こういう場で他の客をまじまじ見たりしてはいけないと、そういうマナーも忘れて、淡野はつい振り返る。

扉が閉まる寸前のエレベータの中に、かすかに目を瞠《みは》っている尾崎と、その腕に自分の腕を絡《から》めている若い女の姿をみつけた。

扉は閉まり、エレベータの表示は上階へと動いていった。

「すっげータイミングだなあ」

吉村は特に見られて困ることもないのか、呑気《のんき》な声を出している。

淡野は思わず片手で顔を覆《おお》って、その場に座り込みたくなった。

「本当に、どういうタイミングだよ……」

尾崎は明らかに淡野に気づいていた。隣の吉村にも気づいていただろう。

ここの辺りは、淡野の会社からも尾崎の会社からも、ちょっと人の多いところに出ようとした時一番近い場所だ。いつも皆が集まる居酒屋もそうだし、この間尾崎と遭遇《そうぐう》したレストランもそう。

だから会っても不思議はないが、それにしても、今、この状況というのが淡野には信じがたい。

「まあ別にいいじゃないっすか、こんなとこ、お互い様だし」

吉村は、淡野の受けたショックを、男同士でラブホテルから出てくるところを友達に見られたせいだと思っているようだった。

たしかにそのとおりではあったのだが、この状況で吉村にいろいろ説明するのも気が進まないし、そもそもどう説明していいのかもわからず、淡野はどうしようもなくぐったりした気分で建物の外へ出た。

◇◇◇

あれは酔った弾《はず》みだとか、別に何もなかったんだとか、言いたいことはあれこれ浮かんだものの、淡野は自分から尾崎に連絡してそれを伝える気に、どうしてもなれなかった。

自分がそれを言うのも、妙な話な気がする。

尾崎はもう、「カズイのことは吹っ切る」と言い切ったのだ。

だからこそ、新しい恋人をみつけて、あんな場所に足を運んだのだろう。

「……でもなあ、誤解されたままっていうのも……いや弁解したって意味はないのか……」

せっかく出勤する必要のない日曜日だというのに、夕方になっても、淡野は悶々《もんもん》とそんなことを考え続けていた。

考えすぎて、熱でも出てきそうな気すらする。

あれから吉村はぴったりと淡野を口説くのをやめ、相変わらず軽佻浮薄《けいちょうふはく》ではあるが仕事はきちんとこなすいい後輩になって、その点だけは淡野にはありがたかった。これで吉村のことまで悩む羽目《はめ》になったのなら、発熱どころか胃に穴が空《あ》く。

その代わり吉村は淡野のローテンションを心配する素振《そぶ》りも見せず、淡野はストレスを発散する機会もなく、ひたすら鬱屈《うっくつ》を溜《た》めていくばかりだった。

やはり尾崎には無意味なことだとしても、誤解されたままだというのは据《す》わりが悪いのでひとことなりとも弁解だけはしておこうか、いやそれは向こうにとっては無意味という以上に迷惑なのではないか――と、ここ数日延々と考え続けていることをまたひたすら考えているうち、はたと、淡野はある疑問に思い当たった。

「……俺は、何で尾崎に誤解されたくないとか、思ってるんだ……？」

考えるまでもなく、尾崎は、男同士でそんなことをと軽蔑《けいべつ》するはずがない。

むしろ、淡野が別の誰かとそういう関係になったのであれば、たとえ多少の未練があったとしても、完全に吹っ切る理由になって、ありがたいとすら思うかもしれない。

なのに淡野は、そうなったら困ると、頭のどこかで考えている。

そういう自分に気づいて、愕然《がくぜん》とした。

「吹っ切って欲しくないのか、俺は……」

ひとり呟いた時、寝っ転がっていたベッドの枕許《まくらもと》で突然携帯電話が鳴って、淡野は驚いて飛び起きた。

電話を見ると、液晶画面に『尾崎敦彦《あつひこ》』の名前をみつけて、ますます驚く。

狼狽《ろうばい》しながらも、淡野は急いで電話を取った。

「もしもし？」

『俺、尾崎。カズイ今、仕事中か？』

尾崎の声を聞いたら、淡野の心臓がおかしな調子に跳《は》ねた。やけに緊張している。

手に汗握る、という表現がぴったりな状態で、淡野は電話の向こうには見えもしないだろうに首を横に振った。

「いや、今日休み。家」

『そっか、じゃあちょっと話していいか？』

ますます、淡野の鼓動《こどう》が早くなる。

この間のことだろうか。

だったら先に弁解すべきか、それとも尾崎が何か訊《たず》ねるのを待つべきか——と考えて、答えが出る前に、淡野は口を開いた。

「俺も話があるんだ。ちょうどいいや、おまえも今家か？　だったらそっちに行く」

『え、ああ……まあ、いいけど。見せたいものがあるし』

若干《じゃっかん》の躊躇《ちゅうちょ》を滲《にじ》ませた後、尾崎はすぐに淡野の申し出を了承した。

淡野は急いで身支度をすませて家を出ると、尾崎のマンションへと向かった。

電車に乗る間、淡野は自分の気が変なふうに逸《はや》っているのを自覚していた。

気まずく緊張しているようでもあるのに、どこかで浮かれた気分にもなっている。

何だってこれまで何十回、何百回と会った相手のところに行くためにこんな気分になっているのか、これも答えが出せないまま、淡野は尾崎の部屋まで辿《たど》り着《つ》いた。

「悪いな、来てもらって」

インタホンを押した淡野を、ドアを開けて迎え入れながら、尾崎がすまなそうに言う。いや別に、と応《こた》えた自分の態度が、素《そ》っ気《け》なくなってしまったんじゃないかと、淡野はこれまで気にしたこともないようなことを気にしながら、尾崎の部屋に上がった。

尾崎の部屋は、相変わらず綺麗に整頓《せいとん》されている。

以前来た時と同じように、淡野は勝手にリビングのソファに腰を下ろし、尾崎も同じように、コーヒーを淹《い》れるためにキッチンに立った。

「最近は結構暇なのか？」

淡野に背を向けてコーヒーの支度をしながら、尾崎が訊ねる。

「いや、今日はたまたま。昨日、っつーか今日の明け方タクシーで帰ってきたし」

このご時世で、タクシー代なんて会社から支給されないので自腹だ。前だったら、そんな時は尾崎の部屋をホテル代わりに使っていた。

それはほんの数ヵ月前までの話だったのに、淡野にはずいぶん昔のことのように感じられて、自分でも不思議だった。

「で――カズイの話って？」

コーヒーカップを手に、尾崎がソファの方へやってきながら訊ねる。

「あー……」

淡野はまた落ち着かない気分になって、意味もなく視線を泳がせた。

「まあ、後でいいや。先におまえの用事。何だっけ、俺に見せたいもの？」

「ああ、これ」

尾崎はカップをソファの前のテーブルに置くと、床に置いてあった鞄から、手帳を取り出した。

さらに中から数枚紙を抜き出し、カップの隣に並べる。

写真だ。

「田野坂の式の？」

並んだ三枚のうち、一枚目に写っていたのは、スーツ姿の尾崎や山辺、他の友人たち、それにドレスアップした若い女性数人だった。背景からして、二次会の時の写真だろう。

次に写っていたのは、同じ女性三人の姿。

そのうち真ん中に写っている、ピンクのワンピースを着た髪の長い女性の顔を見て、淡野はぎくりとした。

この間、吉村と一緒にいた時——あのホテルで、尾崎の隣にいた女性に、似ている気がする。先刻までとは違う感じに、淡野の心臓が早くなる。それをどうにか抑えようとしながら、淡野は残りの一枚に目を移した。

「この子、二次会で知り合ったんだけど」

そう言いながら、尾崎は小柄で可愛《かわい》らしい女性がひとりだけ写った写真を指さした。

尾崎と一緒にいた女性とは違う。その女性と、他の二枚で親しそうに隣り合っていた女性だった。

「今つき合ってる子の友達で、どうもカズイのこと気にしてるらしくってさ」

「……」

淡野は、尾崎の示した写真を、きちんと見る気が起きなかった。

「会場で声かけたんだけど、カズイ連絡先も教えなかったんだって？　俺の友達だって話したら、ツナギつけて欲しいって頼まれたんだ」

グッと、淡野は心臓を大きな手で握り込まれたような、おかしな苦痛を味わった。

それでやっと、自分の気持ちに思い至る。

「この間、吉村君だっけ、後輩といるところ見たから、言われても困るかもしれないけど」

尾崎が床のラグマットの上に腰を下ろし、写真を摘《つま》み上《あ》げた。

「一応言うだけ、な。もちろんその気がなかったらないでいいんだけど、引き受けちゃった手前、もし一回だけでも会ってくれるなら俺も助かるし……」

それ以上聞きたくはなかった。

淡野は衝動的にソファから降りて、尾崎の胸ぐらを掴み上げていた。

驚いて目を見開く尾崎の顔が見える。

淡野はその胸ぐらを両手で掴んだまま、手加減なく、尾崎を床の上に押し倒した。

「カズ――」

押し倒した勢いで上に乗り、淡野は尾崎の胸を押さえつけながら、何かを言われる前にその唇を奪《うば》った。

「……」

反射的に淡野の体を退《ど》かそうと腕を掴んだ尾崎の指から、一瞬、力が抜ける。

数秒強引に合わせていた唇を、そっと離す。

見下ろすと、尾崎は呆気《あっけ》に取られたような、信じがたいものを見る目で淡野のことを見返していた。

「……何やってんだ……」

問い返す声にも力がない。

「どうして、こんな」

「好きになった」

「……」

「おまえのこと好きになった」

淡野を見上げたまま、尾崎が眉を顰《ひそ》めている。

「俺は、つき合ってる子がいるって言っただろ。ついさっき」

尾崎の表情が、呆然から、次第に怒りへと変わっていくのを、淡野は間近で見ていた。

「今さら……」

淡野から目を逸《そ》らして、尾崎が自分の体を押さえたままの淡野の腕を、ぐっと押《お》し遣《や》った。

淡野は大人しく、尾崎の上から退かされる。

尾崎は起き上がって、片膝《かたひざ》を抱《かか》えて床に座った。

淡野もその前に膝をついて座る。尾崎は淡野と視線を合わせようとしなかった。

「……馬鹿にするなよ」

ぼそりと、吐き捨てるように言った声にも、隠しきれない怒りが滲んでいる。

「何なんだよこれ。カズイ、わけわかんねえよ。俺がどんな気持ちで——」

言う途中で言葉を詰まらせ、尾崎は片手で頭を抱えてしまった。

「大体、おまえだって、あの吉村って後輩とどうにかなったんだろ」

「吉村とは何もなかった」

「……」

「勢いでホテル行ったけど、無理だったし」

「無理、って……」

尾崎は自分の膝に顔を伏せて、大きな溜息をついた。

「おまえ、俺のこと何だと思ってるんだ？」

淡野は何も答えられず、ただ尾崎のことをみつめる。

「自分が何やっても言っても俺が許すとか……」

「……」

「これまで俺がどんな気持ちでおまえのそばにいて、どんな気持ちでおまえのこと諦めるって決めたかとか、そんなの全然考えもしないで、簡単に言うんだな」

のろのろと顔を上げて、淡野の方を見遣った時、尾崎は小さく笑っていた。

「高校の時、関係ないって突き放されてから、自分はカズイに必要ないんだって思い知って離れようとした。でもできなくて、結局は戻った。俺の気持ちがおまえにバレた時も、焦《あせ》ってるのは俺だけでカズイは何とも思っちゃいないなんてわかってたから、今度こそと思って離れた。なのにいつもどおりにつき合えって言われて、必死でそのとおりにしたよ」

すぐに淡野から視線を逸らして、淡々と、尾崎は笑いながら呟いている。

「カズイを好きだったのは俺の都合だ。だからどんなに辛《つら》くても言うことは聞いた。このままじゃカズイのためにも自分のためにもならないって、やっと忘れる決意がついた。それでこの上おまえ、俺にどうしろって言うんだ？」

怒りと呆れが度を超して、もう笑うしかないのだと、見ていた淡野にもわかった。

「彼女につき合って欲しいって言われて、俺もよくよく考えて、まじめな気持ちで了承したんだ。結婚の話も出てる。——今さらカズイにそんな勝手なこと言われたって、俺が頷けるわけない」

「……そうか」

尾崎の怒りはもっともだと、淡野にもわかっていた。

少し前だったらわからなかったかもしれない。

この俺が好きだと言ってやっているのに断るなんて生意気だとか、そんなことを平気で言って、怒り返してしまったかもしれない。

今はそうせずにすんでいることを、よかったと思う。

尾崎のことを前より真剣に考えて、吉村を嫌な目に遭《あ》わせて、辛《かろ》うじてそれに気づくことができた。

それだけが淡野の救いになった。

「わかった。なら、俺は諦める」

頷いて、淡野は立ち上がった。

この上しつこく言い寄って尾崎を煩《わずら》わせるのでは、あまりに女々《めめ》しいし、申し訳ない。

「忘れてくれ。できたら、これ以上他の奴らに心配かけるのも迷惑だろうし、今までどおりつき合うってやつをこのまま続けさせてもらえると助かる」

「……」

尾崎は何も応《こた》えず、また自分の片膝に額《ひたい》を押しつけていた。

「おまえの彼女の友達ってのには、悪いけど、その気がないから会えないって伝えといてくれ。面倒かけてすまないな」

返事もしない尾崎の様子に、じくじくと痛む胸を持てあましながらも、淡野は後は何も言わずにそばを離れた。

◇◇◇

全部手遅れだったというのは、よくわかった。

終わってしまったことは仕方がない。くよくよしていても何が変わるということもないのだから、考えたって意味はない。

そう自分に言い聞かせて、淡野はひたすら仕事に没頭《ぼっとう》することにした。

「淡野さんいい加減すげぇ顔色なんですけど、休んだ方がいいんじゃないすか?」

今は事務の女子社員と仲よくなっていて、淡野とはほとんど仕事絡みの話しかしていなかった吉村が、見かねたように声をかけてきた。

「今そんな無茶な日程の納期《のうき》、ないんじゃなかったでしたっけ。あるなら、俺少し手ェ空《あ》いたから手伝いますけど」

「いや平気。ちょっと後でまとまった有休欲しいから、今の内に前倒しでやってるだけ」

思いついた適当な理由で、淡野は吉村の申し出を断った。

尾崎にフラれてから一週間、どうせ家に帰ったってろくろく眠れやしないことはわかっているので、いっそと思ってほとんど会社に泊まり込んでいる。

それでも作業が尽きない激務の会社が、本当にありがたかった。

「そーすか？　……でも何か淡野さん、鬼気迫る《ききせま》感じがして若干《じゃっかん》怖いんですけど」

話す間にも手を休めずひたすらキーボードを叩き続けている淡野に、吉村は気味の悪いものを見る眼差しになっていた。

「目の前にある作業をこなしていけば、問題はどんどん片付いて後ろにいく、っていうのを実践《じっせん》してるだけだ」

「はあ」

吉村はわかったようなわからないような調子で相槌《あいづち》を打って、首を傾げながら、自分の作業へと戻っていった。

要するに、逃避《とうひ》しているという自覚は淡野にもある。しかし油断すれば尾崎のことを考えてしまうのも、そのたびああすればよかったこうすればよかったと悔やみ続けることも、それら全部棚《たな》に上げて尾崎に会いに行ってしまいそうになるのも、やめるにはどうしても時間が必要だった。

仕事をまじめにこなしていけば、嫌でも時間だけは過ぎていく。

そうやってもう一週間経《た》った。時間が過ぎれば苦しい気持ちはいつか消えて、もうちょっとは楽になるだろうとわかっている。父親が突然死んだ時もそうだった。大学進学を諦めた時もそうだった。

そのせいで尾崎に一度縁を切られた時もそうだった。

どうせもう、できることはない。

その日もひとりで会社に泊まり込み、誰もいなくなった薄暗いオフィスで、パソコンをつけっぱなしにしたまま、つい机に突《つ》っ伏《ぷ》して居眠りしていた淡野は、携帯電話の着信音で目が覚めた。

寝ぼけて電話を手に取ると、液晶画面に『尾崎敦彦』の文字。

「……」

まだ夢うつつのような気分のまま、淡野は電話に出た。

「もしもし？」

『――俺。悪い、寝てたか』

パソコンの画面で時間を確認すると、夜中の一時過ぎだった。

良識的な尾崎が、今までこんな時間に電話をかけてきたことは一度もない。

「いや……起きないといけないところだったから、助かった。まだ会社なんだ」

『泊まりか？』

「まあな、いつもどおりだよ」

普通に尾崎と喋《しゃべ》っている自分に、淡野はこれが夢なんじゃないかと、ぼんやりしながら少し疑った。

尾崎の声を聞いて、じわじわと倖《しあわ》せな気分が胸の中から染《し》み出《だ》してくる。

だがそれきり電話の向こうで黙ってしまった尾崎に、その沈黙が続くほど、淡野はこれが夢ではないのだと気づかされる。

きっと尾崎は、電話をかけてみたものの、用もなく、何を話していいのか見失って言葉が出てこないのだろう。淡野も、話したいことはたくさんある気がするのに、そのどれも形にすることができなかった。

尾崎と話していて、子供みたいにくだらない口喧嘩《くちげんか》をすることはあったって、言いたいことも言えずに長い時間お互い黙り込んでしまったことは、これまでなかった。

「彼女と、うまくやってるか？」

だとしたら、もうこの沈黙を断ち切ってしまいたい。

ささやかな倖せに温かくなっていた胸を、淡野は自分の手で締め上げるような真似《まね》をしてみた。

『……ああ』

思ったとおり、尾崎の返事でよけいに痛くなったけれど、我慢できないほどじゃない。

「そうか。ちゃんと、倖せになれよ」

『――カズイ』

「俺は大丈夫だよ。じゃあな」

尾崎の返事を待たず、淡野は電話を切った。

机の上に携帯電話を放り投げ、事務椅子にぐったりと寄り掛かって天井を見上げる。

「未練とか……しょうがねえだろ、自分のじゃないものに、ずっと持ってても」

取り返しがつかないことや、自分がどうあがいたって変わらないものがあることを、知っている。

電話が来るだけで嬉しくて、電話を切る時に辛くて息が止まりそうになるほど相手を好きになっていたなんて、今さらわかっても、もうどうしようもない。

もっと早く気づけばよかったと、後悔しても、時間は戻らないのだ。

忘れることが一番だと、そう自分に言い聞かせるのが精一杯で、淡野は泊まり込みまでしたのにその後何の作業も手につかなかった。

◇◇◇

「――ってわけで尾崎と俺に関しては、そういうことになったから」

端的《たんてき》に、尾崎は新しい彼女とうまくいって、自分が尾崎にフラれたことを淡野が説明すると、それを囲《かこ》んでいる友人たちが何だか神妙な顔で黙り込んだ。

「どうしたよ、おまえら、揃《そろ》って変な顔して」

「いや……なあ？」

新婚旅行から帰ってきて、新居での生活が落ち着いた田野坂が、土産《みやげ》を渡したいといつものメンバーを呼び出した。

平日の夜だったが、淡野は働き過ぎを見かねた同僚から、今日は早く帰れと会社を半《なか》ば追い出されて、よく集まる居酒屋に来ていた。

集まったのは呼び出した田野坂と淡野と山辺、それに栗林《くりばやし》。尾崎は欠席だ。彼女と先約があるという理由を聞いた田野坂が、酒が入ったところで、遠慮がちに「おまえら、俺が新婚旅行に行ってる間にどうなってるんだ？」と問いかけてきた。

それで、淡野がきちんと説明したわけだが。

「カズイは、それでいいのか？　その、敦彦のこと、好きだって気づいたわけだろ？」

「仕方ねえだろ、尾崎にもうその気がないっていうんじゃ。ぶん殴って言うこと聞かせられるわけでもなし」

　さっきからビールを飲んでいるのに、淡野はいまいち酔えなくて、つまらない思いをしていた。何を飲んでも食べても味気ない。今日だけでなく、最近ずっと。

「ああ、それでまたおまえらを巻き込むようなことはしないから、安心しろ。尾崎も俺も、今までどおりやってくよ。いろいろ迷惑かけて悪かったな」

「迷惑とかは、いいんだけどさー」

　栗林が、何か腑《ふ》に落ちないような顔で、隣から淡野のことを見ている。

「あんまり諦めがよすぎる気がするんだけど、淡野って」

「だから仕方ないんだって。未練がましく、もう一回俺のこと好きになれとか、平気なツラして言えるもんでもないだろ。言ってそうなるわけもないんだし、それで簡単に上手くいくようなら、誰も色恋沙汰《ざた》で苦労はしないっての」

「うーん、それはまあ、そうなんだけどなあ……」

　さっきから、友人たちは皆困ったような、言いたいことがあるのに言い出せないような、妙な様子をしている。

「ああそうか、野郎同士のこんな話聞かされても、困るのか」

「え？　いや、それはどうでもいいっていうか、困るところじゃないけど」

理由を思いついて口にした淡野に、きょとんとした顔で田野坂が首を傾げた。

「でも、滅多《めった》にあることじゃないだろ？」

「たしかにおまえと尾崎以外は知らないけどな。だけど何つーかこう……たとえば、山辺と栗林が実はつき合ってました、とかいうのならそりゃびっくりするんだけど」

「やっ、やめろよ、変なこと言うの」

いきなり名指しされた山辺と栗林が、居心地悪そうに顔を顰《しか》めた。それはたしかに淡野も驚く気がする。

「もちろん、それで山辺と栗林のこと気味悪がったり、友達をやめるとかそういうのは、ないにしても」

「だからやめろよ、それを前提に話すのは」

山辺も栗林も普通に可愛い彼女のいる、ごくノーマルな恋愛だけしてきたはずだ。

それを言ったら、淡野だってそうなのだが。

「でもカズイと尾崎って、昔から本当に仲がよかったし。って言ったら、またカズイは嫌がるのかも知れないけどさ」

「いや……」

周りからそう言われて、本気で嫌がったことが自分にはなかった事実を、淡野は思い出す。

気に喰わない奴だと思っていたのに、それでも尾崎と一緒にいたのは、それが楽しかったし、結局は居心地がよかったからだ。

田野坂が、困った顔で続ける。

「ふたりがじゃれ合ってるの見てるの、俺も楽しかったんだよ。まあたまに仲がよすぎて呆《あき》れることもあったけど、それでも、おまえらがずっとそうやって一緒にいられればいいなって、思ってたから……」

「尾崎はあれこれ、我慢してたんだよな。俺と一緒にいる時」

手に持ったビールのグラスを無意味に弄《もてあそ》びながら、淡野はそれを眺めて、呟く。

尾崎の家に押しかけて、押し倒した時に、言われた言葉を思い出す。

『これまで俺がどんな気持ちでおまえのそばにいて、どんな気持ちでおまえのこと諦めるって決めたかとか、そんなの全然考えもしないで、簡単に言うんだな』

あれからずっと、忘れようとしても、その言葉が頭から離れない。

「俺はこんなで、言いたいこと言いたい放題言うだろ。それで合わなくて離れてった奴もいるし。でも合わないなら合わないで仕方ないって思ってたけど……尾崎は離れなかったんだよな。俺が『関係ない』って言わない限り」

「……」

また神妙な様子で、三人が淡野の言葉に耳を傾けている。

「あいつが高校の頃から俺のこと好きだったってなら、俺があいつと一緒で居心地よかったのは、あいつのおかげなんだ。離れもせず、俺の雑《ざっ》な喋りにもつき合って、そういう——」

不意に、淡野は言葉に詰まった。

見ていた三人が、揃って驚いたように目を瞠《みは》る。

テーブルを叩いた水滴を見下ろして、淡野は自分が泣いていることに気づいた。

「それに気づかずに駄目にしたのが俺のせいなら、俺はせめてこの先、尾崎を煩わせないでやるくらいしかできないだろ。あいつがずっと、俺にそうやっててくれたみたいに」

「カズイ……」

その場にいた全員、長いつき合いで、淡野が泣いたところなんて初めて見ただろう。

父親の葬儀《そうぎ》の時だって、気を張っていたせいで淡野は泣けなかったのだ。

その様子を戸惑ったように見ながら、田野坂がまた口を開く。

「なあカズイ、でもやっぱ俺、本当にこのままでいいのかなって思うんだよ。尾崎を煩わせたくないって言うけどさ、でも尾崎は、長いことカズイのこと好きだったんだぞ。こんな急に嫌いになったりはしないだろ」

「俺の気持ちは伝えた。その上で、別の彼女を選ぶって言ったんだ。好きか嫌いかってのはまた、別だろ」

「そうかなあ……」

「万が一まだ俺のこと多少は好きだとしても、その気持ちよりも、俺が無神経なのを我慢できない気持ちとか、新しい彼女を大事にしたい気持ちとか、後はごく普通の恋愛とか結婚とか、人目とか、まあ総合していろんなものを優先する気持ちの方が強いってことだ。どっちにしろ」

「うーん……」

「そういうのを押してこっちの気持ちに応えろってのは、言えるもんじゃない。これ以上よけいなことしたら、元どおりにやってくってのすら、難しくなると思う」

田野坂は黙り込んでしまった。山辺も困り果てた顔で黙り込んでいる。

少し考えた後に、栗林が淡野を見て言った。

「でもさそれって、言い訳じゃないか？」

「え？」

淡野は泣いた目も拭《ふ》かず、栗林の方を見遣った。

「結局あっちこっち言い訳捜して、淡野は、もう一回尾崎にフラれんのが嫌ってだけ……に聞こえるんだけど……」

「――」

意表を突かれた気分で、淡野は言葉を失《な》くした。

「違ってたらごめん、でも、尾崎が淡野のことこんなすぐ興味失くすとか、はたで見てた俺でも信じらんないし。それで淡野が尾崎のこと好きなら、それであっさり諦めるのって、何か違うだろ」

「俺もそう思う」

山辺が頷いた。その隣で田野坂もやはり頷いている。

「カズイの言ってることわからないでもないけど、でも何もしない言い訳してるように聞こえるよ。泣くほど敦彦のこと好きなくせに、もう諦めるのか？」

「……」

泣いている自分の目許を指で触りながら、淡野はふと、この間吉村が言っていたことを思い出した。

『本気なのにフラれて格好悪いのとか、傷つくのとかは面倒臭いですよ』

格好悪いのは構わなかったけれど、もう一度フラれて辛い思いをするのは、面倒臭い。

だったら何もしないで、今までみたいに尾崎と友人としていられれば、それよりもずっと楽だし、都合がいい。

「ついでに俺も言わせてもらう、カズイには悪いけど、敦彦がしてきた我慢と今のカズイの我慢は多分、違うぞ。状況も違う」

山辺が言うことも、淡野には理解できた。

それに、と山辺が言葉を継《つ》ぐ。

「多分あいつはカズイが殴ってつき合えって言ったら、今からでもつき合うぞ」

「あ、俺もそれはそう思う」

「うん、俺も」

全員一致で頷いたので、淡野は少し面喰《めんく》らった。

驚いた淡野を見て、また全員、今度は苦笑いしている。

「でも、そんなの今さらってもんじゃないのか？」

皆の言葉を、淡野は信じられない。それだけのことを自分がしてきたのだと、自分でも嫌というほどわかっているのだ。

訊ねる淡野に、皆はまだ苦笑を続けている。

「だったら、六年もしつこくカズイのこと好きでいた敦彦に、直接聞いてみろよ」

「……」

少し考えて、淡野はすぐ決めた。

「そうだな。煩わしい思いをさせたところで、そんだけの間さんざん俺に虐《しいた》げられたんだから、あともうちょっとそれが増えるぐらい、どうってことないよな」

「——どういう言い種《いいぐさ》だよ」

憮然《ぶぜん》とした声が上から降ってきて、椅子から腰を浮かしかけていた淡野は、ぎょっとして顔を上げた。

「お……尾崎？」

慌てて目を擦《こす》りながら座り直し、淡野は自分たちのテーブルのすぐ横に立っているのが、間違いなく尾崎だとたしかめる。

尾崎はこれ以上はないという不機嫌な顔で、しかも、片方の頬を赤く腫《は》らしている。

「どうしたんだ敦彦、その顔」

山辺たちも、尾崎の突然の出現と、その表情と傷とに、驚いた様子でそれを見ていた。

「見ればわかるだろ、殴られたんだ」

尾崎は座っている椅子ごと、栗林を淡野の隣から退《ど》かした。使われていない椅子をもう一《いっ》脚《きゃく》勝手に引き寄せて、自分が淡野の隣に座っている。

淡野はその尾崎の姿を、まじまじとみつめた。

「誰に、何で」

「もう会えないって彼女に言ったらひっぱたかれた」

「……」

「別にちゃんとつき合ってるわけじゃなかったはずだけど、まあ、一発喰らうのは仕方がないだろ」

淡野は、眉を顰めて尾崎を見遣る。

「ちゃんと……って、おまえ、結婚を前提につき合ってるって言わなかったか？」

不貞腐《ふてくさ》れた顔のまま、尾崎が淡野の方は見ずに答える。

「他に好きな奴がいるのに、相手を騙《だま》して結婚するほど人でなしじゃない」

「ホテルは行ってたじゃねえか」

「カズイだって行ってただろ」

「俺は何もしてないって言っただろ」

「俺だって何もしてない」

「嘘つけ、おまえが女ホテルに連れ込んで、何もしないとか！」

「カ、カズイ、声でかいから。他に客いるから」

田野坂に諫められ、口喧嘩を始めた自分たちに向けられる他の客たちの迷惑そうな視線も感じていたが、淡野はそれに構っていられなかった。

「——カズイと他の男がホテルから出てきたのなんか見たら、ショックで、何もできなかったんだ」

淡野も、他の者たちも見たことがないくらいの仏頂面《ぶっちょうづら》で、尾崎がそう吐き捨てた。

「彼女に慰《なぐさ》められて惨《みじ》めな気持ちでいたとこに、カズイに押し倒されて、何だか無性《むしょう》に腹が立った。あの時俺は怒って当然だと思ったから謝らない」

ようやく、尾崎が淡野のことを振り返る。

相変わらず不貞腐れた顔ではあったが、尾崎が自分のことをちゃんと見ていることが、淡野には嬉しかった。

怒っていようが笑っていようが、尾崎の気持ちが自分の方に向いているとわかることが、何

だかどうしようもなく、嬉しかった。

「謝らない代わりに言いたいことは言う」

だから尾崎が重々しい口調でそう宣言した時も、何を言われたとしてもしっかり受け止めようと覚悟を決めた。

罵《ののし》られても、殴られても仕方がない。

「おう。何だ」

入試でも入社試験でも感じたことのないような緊張を覚えながら、背筋を伸ばして、淡野は尾崎と向き合う。

尾崎はそんな淡野をじっと睨むようにみつめてから、不意に、小さく頭を下げた。

「そういうわけだから、俺とつき合ってください」

おお……と、固唾《かたず》を呑んで様子を見守っていた田野坂たちから、呻き声のようなものが漏れている。

「……」

淡野は頭を下げる尾崎のことを、しばらく目を見開いて見下ろしてから、やっと、自分も頭を下げるように大きく頷いた。

「……よろしくお願いします」

おおおお、と、呻き声は歓声《かんせい》に変わった。拍手まで沸《わ》き起《お》こって、周囲にいた客たちが、何ごとかと奇異な目を向けていたが、淡野たちは誰も気にしなかった。

「よかったなあ、敦彦……」

「よかったよかった、おめでとう」

まるで田野坂の結婚式の時のように、友人の方が盛り上がっている。尾崎はテーブルの向こうから手を伸ばした山辺や田野坂たちに、頭をもみくちゃにされている。

淡野はその盛り上がりに同調することもなく、椅子から立ち上がった。

喜んでいた友人たち、それに尾崎も、怪訝そうに淡野を見上げた。

「淡野？　どこ行くんだ？」

「先に出る。これで何でも喰え、奢《おご》ってやる」

言いながら、淡野は財布の紙幣《しへい》を適当に抜き取ってテーブルの上に置いた。長いこと心配をかけ続けた友人たちへのせめてもの詫《わ》びだ。

「え、って、カズイ？」

なぜここで帰ってしまうのか、面喰《めんく》らっている友人たちは放っておいて、淡野は尾崎を見ると店の入口の方に顎《あご》をしゃくって見せる。

「おまえも来るんだよ」

「何で？」

察しの悪い尾崎に、淡野は苛立ちかけたつもりだったのに、なぜか笑ってしまった。

「早くふたりっきりになりたいからに決まってんだろ」

尾崎が目を見開いて、ここで驚くのかと、淡野はまた笑う。

笑った淡野の顔を見て尾崎が一瞬目許を赤くして、それが友人たちにばれないうちに、返事もなく立ち上がった。

「じゃあな、また連絡する」

なぜか万歳三唱《ばんざいさんしょう》を始めた友人たちに見送られ、淡野は尾崎と一緒に居酒屋を出た。

「うちに来る？」

歩きながら訊ねた尾崎に、「うーん」と、淡野は思案して首を捻《ひね》った。

駅の方には向かわずに、駅へ続く大通りから一本逸《そ》れたところを進む淡野の隣で、尾崎が怪訝そうな顔をする。

「どこに行くんだ」

「あそこだな」

淡野が指さしたのは、以前、お互い別の相手と一緒に入ったラブホテルだ。

「尾崎の家に行くんじゃ待ちきれないし、それに、ここの辺来るたびに他の女と並んでホテル入った尾崎を思い出してムカつくから、記憶の上書きだ」

「……おまえ……」

なぜか、尾崎が片手で顔を覆っている。

「何だよ」

「……何で急にそう、素直なんだ」

よく見ると、尾崎は耳まで赤くなっていた。

「俺は大抵の場合自分の感情に正直だろうが。嫌ならいいけど」

尾崎が嫌だと言うはずがないことを承知で言ってみる辺りは、かなり根性が悪いんだろうなという自覚はあったが。

諦めたような素振《そぶ》りで溜息をつきながら首を振って、尾崎が淡野の手首を掴むと、例のホテルの門をくぐるために引っ張っていった。

◇◇◇

さすがにこの建物の中でまで軽口《かるくち》の応酬《おうしゅう》をする気は起きず、淡野は黙って尾崎に引っ張られて進み、自販機で鍵を借りて部屋へと向かった。

「――しかもこないだと同じ部屋だ」

辿《たど》り着《つ》いた部屋の鍵を開けながら、尾崎がぼやくように言う。

「そりゃよかったな、おまえも上書きしとけ」

普通のビジネスホテルとそう変わらない造りの部屋に入り、淡野は荷物を投げ出して、大きなベッドの端に腰を下ろした。

尾崎もその隣に座る。

「……」

「……」

が、後が続かない。

お互い何を話すでもなく、かといって何をするでもなく、無言でベッドに座ったままになってしまう。

「……タイミングが、掴めないな」

ぼそりと、尾崎が言った。淡野もまったく同感だった。

これまで長い間友人同士、それもケンカ友達をやっていて、つき合い始めたからといって急に雰囲気が変わるわけでもない。

「大体カズイは、突然なんだよ。この間もそうだけど」

どことなく不機嫌な様子で、尾崎が言う。

「ああ?」

「そりゃせっかくつき合うことになったのは、俺も嬉しいけど。だからってその足でホテルとか——」

「不満かよ」

「不満っていうか、こういうことより先に、もっと他にあるだろ？　ちゃんと話したりとか、いろいろと」

淡野も尾崎も、なぜか目も合わせられず、床を見て話している。

顔を上げれば、大きな鏡がベッドの横に貼ってあるので、前を向くのも何だか気まずい。

「じゃああいつらの前でやればよかったのか、そういうのを」

「だから俺の家に行くかって」

「だからその時間が我慢できなかったんだから仕方ないだろ」

イラっとして、淡野は隣に座る尾崎の足を蹴《け》りつけた。

「別に俺だってすぐヤるとかそういうつもりで来たわけじゃねえよ、早くちゃんと話をしようと思って来たんだっての」

蹴った後、ついでに淡野は尾崎の肩に額《ひたい》を乗せてやった。

尾崎の体が少し驚いたように強張《こわば》った後、すぐに力を抜いて、淡野の肩に腕を回してくる。

遠慮なく相手の体に体重を預けながら、我慢できず、淡野は笑い声を漏《も》らしてしまった。

「ここ、笑うとこか……？」

責めるつもりだったらしい尾崎の声も、どことなくおかしそうな響きを含んでいる。

「何つーか、あれだな、駄目だな。酒でも飲んで景気つけないと、素面《しらふ》じゃやってられん」

笑いながら言い訳のように言って、立ち上がろうとした淡野の手を、尾崎がきつい力で掴んだ。

立ち上がりかけた体が、引っ張られた反動で、再び尾崎の方へ倒れ込んでしまう。

「うわ」

「もう結構飲んでんだろ、カズイ。酒臭い」

背中をきつく抱き締められ、首もとに顔を埋《う》められた。淡野はとりあえず、その肩に捕まって体のバランスを取る。

「おまえ飲み過ぎると可愛くなるから、これ以上は今日は禁止」

「何だそりゃ、アホか」

「おまえが酔っぱらってうちに泊まるたびに俺がどれほど生き地獄を味わったのか、全然わかってないだろ」

首筋から耳許に唇をつけられて、淡野は少し身を捩《よじ》る。

「すっごい触ってくるんだよ。べたべた人に寄り掛かって、水持ってこいだのもっと飲ませろだの我儘《わがまま》言って」

「――それが可愛いって、おまえ、相当じゃないか？」

揶揄《やゆ》するつもりで言ったら、耳に歯を立てられた上に舐《な》められて、淡野は慌てて押し遣ろうと腕を突っ張る。

「待て。するなら、風呂入らせろ」

「駄目だ」

「何で」

「俺の長年の夢だから」

逃げようとした淡野の頬を両手で摑んで尾崎が自分の方へと引き寄せる。淡野は今度は特に抵抗せず、目を閉じて尾崎と唇を合わせた。

尾崎のキスは最初から深くねちっこく、淡野の口腔《こうこう》にはあっという間に舌が潜《もぐ》り込《こ》んで、息もさせないような勢いで掻《か》き回《まわ》された。

「んっ……」

苦しくなって、淡野は相手の胸を押して少し頭を後ろに反《そ》らした。

だがすぐまた引き寄せられ、舌を舌で絡《から》め取《と》られる。

「ちょ……っと、待て、おまえ勢いつきすぎ！」

これまで辛い目に遭わされた腹いせに、窒息死《ちっそくし》でもさせるつもりなんじゃないかと疑って、淡野は慌てて尾崎の頭を何とか向こうに退《ど》かした。

「こういうことより先に、いろいろちゃんと話したり、じゃないのかよ」

「この期《ご》に及んで？」

真顔で問い返されて、淡野は言葉に詰まる。

「う……」

「それは後回しでもいいだろ、この先いくらでも時間はあるんだし」

そう言いながら、尾崎の手は淡野のネクタイにかかっている。

「いや待て、自分で脱ぐ」

「駄目。長年の夢だから」

「どんな夢だよ」

「学ランと体操着と水着と体育館シューズ脱がせる夢は果たせなかったんだから、スーツ脱がせる夢は叶えさせてくれ。——今日は夏バージョン、冬になったらコートとマフラーと上着つき」

「……」

さすがに淡野は、ちょっとひいた。

「おまえ、高校の頃からずっとそんなこと考えてたのか」

呆れつつ、そうだとすれば邪魔をするのも悪い気がして、大人しく尾崎の手が自分のシャツのボタンを外す様子を見守ってしまう。

「毎回靴下脱がせるだけで我慢してたんだ。カズイが俺のこと好きになったっていうなら、これからは何ひとつとして遠慮しない」

「いや、まあ……別にいいけど……」

ボタンを全部外し終え、シャツを腕の方へ引っ張って脱がせながら、尾崎がまた淡野の唇にキスをしてくる。これも抵抗せず、淡野は受け入れた。

「……結構、緊張するもんだなあ。おまえ相手でも」

キスの合間に、本音を呟く。

前に衝動《しょうどう》に任せて自分からキスした時は、たしかにそうしたくなったからしてしまったけれど、それ以上のことを長年の『友人』だと思っていた尾崎とできるのが、少し不思議だ。

しかも、他の彼女が相手の時ではあまり感じなかった緊張を、今は味わっている。

「最初の彼女とやった時みたいだ」

「他の女の話はするなよ」

今度はベルトに手を伸ばしてくる尾崎を見ながら、淡野は笑った。

「俺よりよっぽどたくさん他の女とつき合っておいて」

「カズイのこと頭から追い出そうと必死だったんだよ。おまえ、今は大人になったからいいけどな、高校の時の方がもっと気持ちと体が直結してたんだ。自分が何回ピンチだったか想像もつかないだろ」

「大人になってから、人の寝込み襲ったくせに……」

呟いてやると、尾崎は一瞬困ったようにむっと眉を寄せて、言い訳がみつからなかったのか、また淡野の唇を自分の唇で塞《ふさ》いだ。

「……ん……」

自分からも舌を絡めるように動かしながら、淡野は尾崎のネクタイに手を伸ばした。尾崎がこっちのスラックスを手際よく脱がせるのに対抗するように、ネクタイもシャツも脱がせ、自分と同じように、裸に剝《む》いてやる。

尾崎の服を、皺《しわ》にならないように気遣ってベッドの脇にあるソファへ投げようとした隙を見《み》計《はか》らうように、肩を押されて、淡野はベッドの上にひっくり返った。

自分の上にのしかかってくる尾崎を、少し首を傾げて見上げる。

「ちょっと待て？　その、どっちがどういう役割かこそ、話し合って決めるもんじゃないか？」

「駄目。俺の長年の夢だから」

「さっきからそればっかじゃねえか、てめえ」

「カズイは俺を好きになって、俺とこういうことする想像とか、したか？」

まじめな顔で訊ねられ、淡野は素直に首を横に振った。

「いや。だって好きだって気づいた時にはフラれてたんだぞ。フラれた男を相手にその手の妄想するのは、あんまり可哀想じゃないか？」

「俺はしてた」

なぜか威張《いば》ったように、尾崎が言い放つ。

「高校の時からこれまでずっと、カズイをどんなふうにしようかとか、カズイはどんな反応するんだろうかとか考え続けてたんだ。悪いけど、昨日や今日俺を好きになったような相手に、その夢の実現は邪魔させない」

「お……おまえ、そんな、男前な顔でアホみたいなことを堂々と……」

「初めて罪悪感なしに、しかも本物のカズイとできるんだ。好きなことを好きなようにやらせてもらう」

「や、いや、いいけどさ……」

この状況で拒《こば》む理由もないが、そうはっきり言われると、淡野だって照れてくる。

こいつはどれだけ俺のことを好きだったんだ、と思えば、急激に尾崎に対する愛情のようなものまで、湧《わ》いてきてしまった。

「わかった、じゃあ、好きにしろよ。その代わり俺が嫌がったらいったん止まれよ」

「――悪い、嫌がるカズイをどうこうするところまで、想像に織《お》り込《こ》みずみ」

「な」

反論しようとしかけた淡野は、首筋に唇を落とされて、一瞬口を噤《つぐ》んだ。感触に反応して別の声が出そうになったのを、どうにか堪《こら》える。

肌を味わうように舌で嬲《なぶ》られ、掌《てのひら》で脇腹のあたりを探られ、淡野はその感触をやり過ごそうとしながら再び口を開く。

「変な趣味持ってんだな、おまえ……」

「どうも昂《たか》ぶってて、止まらない」

呟きつつ、尾崎が耳許から唇に舌を移し、執拗《しつよう》に淡野の口腔を探った。

淡野は諦めて尾崎の背中に手を回し、またそれに応える。

尾崎はずいぶん余裕のない感じで、それにつられて淡野も何だか落ち着かない気分になってくる。

元から緊張はしていたが、それ以上に、あまりに尾崎が自分を好きすぎるのを感じて、羞恥《しゅうち》心《しん》まで覚えてしまった。

自分がこういう場面で恥じらう時が来るということも、今の尾崎の状態以上に、淡野は想像したこともなかった。

「ちょ……苦しい、っての……、……んっ」

相変わらず息つく暇もない尾崎のキスに、淡野がつい顔を逸《そ》らそうとすると、追いかけられてまた唇を奪われる。その間にも尾崎の手が動き、剝《む》き出《だ》しになっている乳首を摘《つま》まれ、淡野は体を震わせた。

「そ、そんなふうに、触るな、って……」

指できつく摘まれたり、捏《こ》ねられたりして、淡野は困惑げに眉を寄せて抗議した。触られるたびに体が反応するのが信じられない。そう多くはない女性経験の中で、触ったことはあっても、こんなふうに触られたことはなかった。

「んっ、……んん」

むずがゆいような痺《しび》れるような、妙な感じに淡野が反応するたび、尾崎の指の動きはしつこくなる。

その上、反対側を、今度は唇で吸われた。

「あ……ッ……、……待て、そこばっかり、するなよっ」

尾崎の頭を殴ってみたが止まるはずもなく、もごもごと、不明瞭《ふめいりょう》な声で反論された。突起《とっき》を口に含まれたままだから、喋った動きでまた刺激されるし、吐息が肌にかかってよけいに体を震わせる羽目になってしまう。

尾崎の言葉は聞き取れなかったが簡単に想像はついた。また『長年の夢だ』とか言ったのだろう。

「クソッ、ど変態……！」

罵《ののし》ってみたら、仕返しのように乳首に歯を立てられた。鋭い痛みに身を強張らせた瞬間、今度はねっとりと舌で舐め上げられ、淡野はもう言葉もなく、焦《じ》れたような呻き声を漏らすことしかできなかった。

口でいいだけ胸の先を弄《いじ》りながら、尾崎の手が、今度は腰骨の周辺を彷徨《さまよ》い出す。

深いキスと胸への刺激、それと尾崎の様子のせいで、淡野の性器はじわじわ硬くなり始めている。それに気づかれると思うと恥ずかしかったが、どうせ尾崎も同じだろう、この状況で落ち着いていたらその方が気持ち悪いと、どうにか気持ちに折り合いをつけた。

だから触りたかったらさっさと触れ、むしろ触ってくれないと収まらない——という淡野の中心に、だが尾崎は手を触れず、相変わらず腰骨の上や、腿《もも》の辺りを撫《な》でさすっているだけだ。

「う……」

乳首は相変わらず口の中で弄《もてあそ》ばれている。指先は内股《うちもも》に触れたが、やはり肝心《かんじん》なところには触れようとしない。

「と、止まらないなら、早く何とかして進めろよ！」

焦《じ》らされて我慢できずに、淡野はつい正直に促《うなが》してしまう。

尾崎が頭を上げて、汗の浮かんでいる淡野の顔を見下ろした。

「一生に一回のカズイとの『初めて』だぞ。味わわないと勿体《もったい》ないじゃないか」

「もー、何なんだおまえ……ッ」

その上尾崎は、頭を上げたついでのように、息を乱している淡野のことをじっとみつめている。

「じろじろ見るなよ」

さんざん嬲られた唇や胸の先が濡れているのが、自分でわかる。あまり見られたくなくて、淡野は腕で隠そうとした。

尾崎はそれを許さずに、淡野の両腕を捕まえて、ベッドの上に押しつける。

「今日はカズイは、何もしなくていいから。そのうちあれこれしてもらうつもりではあるけど、カズイに手ェ出されたら、俺が保《も》たなくて勿体ない」

「あれこれって何だよ」

手を押さえられたまま、困惑を隠すために淡野は尾崎を下から睨み上げた。

「フェラチオとか――」

言葉の途中で、なぜか猛烈《もうれつ》に恥ずかしくなって尾崎の腹を蹴ってやろうと繰り出した足を、簡単に片手で摑まれてしまった。

尾崎はまだ履《は》いたままの淡野の靴下に手をかけた。後は何も着ていないのにこれだけつけていても間抜けだろうと、尾崎のさせたいように放っておいた淡野は、出し抜けに足の先にまで接吻《くちづ》けられ、狼狽《ろうばい》する。

「ちょ……」

避ける暇もなく、指を舐められ、淡野は悲鳴を上げて暴れ出したくなった。

「やめろ変態！　そこはさすがに舐めるところじゃない！」

尾崎の行為も、自分の反応も信じがたい。どうして足の指や裏やくるぶしを舐められて、ぞくぞくと全身を鳥肌立てたりしているのか。

「う……っ……く……」

くすぐったさと気持ちよさと気持ち悪さがごちゃ混ぜになって、淡野は体を震わせる。舐められるたびに体を揺らしながら、反応している顔を見られたくなくて、また顔を片手で覆う。

「も、もっとこう、普通にできないのかよ⁉」

ふくらはぎも舐められている。そんなところ舐めて、何が楽しいのか、淡野にはさっぱりわからなかった。

「六年は、長いぞ、カズイ」

尾崎は何だか恍惚《こうこつ》とした顔で、淡野の乱れる様子を眺めながら言った。

「おまえの体で俺の想像が触ってない場所はないし、知る限りの嗜好《しこう》は全部試した」

「き、聞かせなくていい、聞かせるな！」

尾崎がこれまで一体何を自分相手に想像していたのか、淡野の方は、考えたくもなかった。

今これだけでも、すでに想像を超えているのだ。

尾崎はさらに淡野の足のあちこちに唇をつけては、反応を楽しむようにその表情を眺めている。

これで自分ばかりが弄ばれているようだったら、相手を殴って逃げ出すだけだが、尾崎にもそう余裕がある感じではないのを見取って、淡野はどうにかそれを堪える。

爪先《つまさき》から始まって、膝の内側でひどく反応するのがバレてさんざん責められ、尾崎の唇や指がようやく足のつけ根辺りまで辿り着く。

その頃にはもう、淡野のペニスはすっかり上を向き、脈打っているのが、自分でもわかった。

直接触られてもいないのに、先端からは透明なしずくがだらしなく垂れている。

尾崎の変態につられて、自分がもうどうにかしてしまったんではないかと淡野は疑った。最初はさんざん尾崎を罵っていたはずなのに、そのうち言葉が出てこなくなって、触られるたびに溜息や、小さく喘《あえ》ぐような声を漏らすばかりだ。

「んん……ッ」

ようやく望んでいた場所に尾崎の指が触れて、淡野は首を仰《の》け反《ぞ》らせながらまた声を零《こぼ》した。

「すっげぇ、べったべただな、カズイ……」

「うーるーせーえー……ッ」

うっとりした声で言われるのが猛烈に気恥ずかしくて、淡野はどうにか相手を罵倒した。あまり力が入らなかった上、終わりの方できつく根元を握られ、扱《しご》き上《あ》げられて、体をびくつかせてしまう。

「んっ、う……」

ゆっくりと、尾崎の手が上下している。淡野は扱かれて感じている顔を見られたくなくて、体を捻《ひね》って、横を向く。だがすぐに肩を押されて、仰向《あおむ》けに戻されてしまった。

「カズイ、気持ちいい？」

これだけ何もかも剝き出しになっていては、隠す方が無理だ。淡野は目を閉じて、素直に頷いた。尾崎の低くて甘ったるい声が気持ち悪くて殴りたくなった。これまでこいつとつき合っていた女たちは、こういうのに喜んでいたのか、馬鹿か、と思う。

そして同じように喜んでいる自分の体も、まったく馬鹿じゃないのかと思いつつ、淡野は体の震えも、息がさらに乱れることも、止められなかった。

根元を片手で支えながら、尾崎が不意に体を伏せた。感じすぎて涙の滲んできた視界で、淡野は尾崎が自分のペニスに唇を寄せる様子を目の当《ま》たりにしてしまった。

「ぁ……ッ」

先端を舌で強く擦《こす》るように舐められる。尾崎の舌を感じるたび、自分のそこから先走りが溢れるのがわかった。

少しの間舌で先端を弄んでいた尾崎は、我慢できなくなったように、淡野のペニスを唇に含んだ。

「あっ、あ……、……ん……」

自分の口からひどく濡れた甘い声が漏れるのを、淡野は信じがたい思いで聞いた。

その声が続くたび、尾崎が唇で茎《くき》を扱く動きが執拗《しつよう》になる。

「お、ざき、駄目だ、すぐ出るから……ッ」

触れられた時ですでに、限界が近かった。体の奥から快楽が迫《せ》り上《あ》がって、尾崎の口の中で嬲られている場所へ集まる感じ。淡野は切羽詰《せっぱつ》まった声で訴えるが、尾崎が動きを緩《ゆる》めるはずもない。

震えながら、淡野はその口の中に射精した。

「……ふ……、……ぅ……」

恥ずかしさと解放感に、淡野は硬くした体を震わせる。

尾崎は口の中で淡野の迸《ほとばし》りを受け、そっと身を起こした。

淡野が止める間もなく、尾崎は口の中のものを飲み下していた。眉を顰《ひそ》めているのに、まるで嫌そうには見えない。むしろ、満足そうな、倖《しあわ》せそうな、そんな様子だった。

「痛《い》てっ、何で蹴るんだよ、カズイ」

「うるせぇ、恥ずかしいんだよおまえは！」

照れ隠しというには乱暴だったが、視線と気持ちの遣りどころに困って、淡野は尾崎の腕を蹴りつけた。

その足を掴まれ、今度は大きく開かされる。

もうどうにでもしてくれの心境で、淡野は目を閉じて両腕で顔を隠しつつ、尾崎を蹴ろうとするのをやめた。

体中を舐められている最中から、きっとそこも触られるんだろうなと覚悟はしていた。自分の体で触らない想像をしたところがないと尾崎が言っていた。

だが実際体の奥、その窄《すぼ》まりに舌で触れられた時は、恥ずかしさと抵抗感で、頭が変になるんじゃないかと思えた。

「尾崎、やっぱ待て、せ、せめて風呂に」

「うるさい」

腿《もも》をきつく摑んで下肢《かし》を持ち上げている尾崎の、その手を殴って言うことを聞かせようとしたが、一言で却下された。

尾崎の分際《ぶんざい》で生意気な言い種だったが、どう考えても、今は自分の方が立場が弱い気がして淡野は何も言えなくなる。

こんな格好《かっこう》を取らされて、こんなことをされて、毒づき続けられるほど状況に頭が追いついていなかった。

「んーっ、ん……」

舌で触れられるたび、ぞくぞくと、足や背中におかしな震えが走る。キスされるのも、耳や首筋を舐められるのも、胸を刺激されるのも、反応してしまう理由はわかる。

だが、そこを舌や指で弄《いじ》られて、先刻精を吐き出したばかりの場所が、また勃《た》ち上《あ》がりそうになることに、淡野は自分で信じがたい気持ちになった。

中を舐められ、指で擦られて、感じているのは尾崎にもばれてしまっているだろう。尾崎は淡野の些細《ささい》な反応も見逃さず、時間をかけて、ゆっくりほぐすように淡野の窄まりに触れ続けている。

こんなことをしておきながら、尾崎に何の抵抗もない様子なのに、淡野は少し驚く。

それだけ今まで想像してきたのかと思ったら、馬鹿な奴だと呆れてしまってよかったのに、妙な具合に愛《いと》しさが込み上げてきた。

結局尾崎が馬鹿みたいに自分のことを好きでいてくれたから、淡野だって尾崎のことを好きだと思うようになった。

人にも物にも大した執着をすることがあまりなかった自分が、こんなふうに人に触れられることを許して——触って欲しいと思うようになるなんて、我ながら驚異的だと思う。

夢中になって自分に触れている尾崎が可愛くて、好きだと思えて、仕方がない。

「俺も、馬鹿か……」

諦めて呟いた時、ようやく尾崎の舌がそこから離れた。淡野はほっと息をつく。さすがにこの刺激だけでは、また達するまでには及ばない。

とりあえず息を整えようとしながら、淡野は尾崎がベッドのサイドボードに手を伸ばす様子に気づいた。

「……」

尾崎が手に取ったのは、ホテルに備え付けてあるコンドームと潤滑《じゅんかつ》用のローションだ。

それを見て、淡野は顔と体を強張らせる。

「や、やっぱり、そこまで想像してたのか……」

男同士ではどんなセックスをするのか、淡野にも知識はある。

が、それを自分がするとなると、やはり具体的に想像したことはこれまでなかったから、腰が引けてしまった。

「もし、嫌だったら……」

コンドームの袋を破りながら、優しく尾崎が言う。

「『嫌がるのを無理矢理』と『甘い言葉でさんざん酔わせてぐったりしたところで完遂《かんすい》する』のと、どっちか選んでいいけど」

「……普通に、しろ」

何も自分からしてくれと頼むつもりはなかったが、尾崎が馬鹿なことを言うので、結果的にそう口にする羽目になってしまった。

どこかはめられた気がして淡野は尾崎を睨むが、不意に笑みを零されて、その表情が変に照れたような、嬉しそうなものだったから、もう仕方ないかと諦める。

ここまでさんざん気持ちよがっておいて、これ以上は嫌だと言い出すのも白々《しらじら》しい。実際まったく嫌ではなくて、照れた顔をしている尾崎を抱き締めてやりたい気分にまでなっていた。

覚悟を決めて、淡野は尾崎に身をゆだねた。

尾崎は淡野の足をまた持ち上げ、膝を折り曲げて、腹につくような格好にさせた。

とんでもない態勢に、淡野は頭がクラクラしてくるが、目を閉じてそれについては考えないようにした。

やがてひんやりした液体が、先刻まで尾崎の舌と指で舐められていた場所に降りてくる。少し粘度《ねんど》がある液体は、肌に触れると、温かくなった。

それを尾崎の指が、ぬるりと淡野の尻の辺りに擦りつけ、それから、また窄まりへと指を差し入れる。

体の中に温かい液体が塗り込まれた後、さらに熱いものが、そこに触れる感触。

目を開ける勇気が淡野には出なかった。

尾崎の指に、窄まりを拡《ひろ》げるように力が籠《こ》もる。

「……う……」

熱い、太いものが体の中に潜《もぐ》り込《こ》んでくる痛みと違和感に、淡野は顔を歪《ゆが》めた。

「ん……く……」

尾崎が、淡野の身を慮《おもんぱか》るように慎重な動きで、中へと進んでくる。

覚悟していたほどの痛みはなかった。さんざん尾崎が濡らしてほぐしたせいかもしれない。

ただ熱くて、とにかく違和感がある。

中を無理矢理押し広げられ、擦られる。そうしようとは思わないのに、喉の奥から、絞《しぼ》り上《あ》げるような声が漏れた。

それが自分でも聞き難く濡れた、艶《つや》っぽいもので、淡野はその場所で覚えているのが間違いなく快楽なのだとわかってしまった。

がくがくと体が震える。知らずに涙の零れる目で尾崎を見上げると、淡野が締めつけるのがきついのか、尾崎も辛そうに眉を顰めている。

淡野は両腕を上げて、尾崎の腕を掴んだ。仕返しのつもりで目一杯指で締めつけてやったら、困ったような、どこか嬉しそうな顔をしたので、やっぱりこいつは変態だと確認する。

「動いて、平気か？」

訊ねられ、淡野は小さく首を横に振った。

なのに尾崎はゆっくりと淡野の中に納めたものを引き出した。

「う、あ、あ……ッ」

途端、信じられないような強い快楽を感じて、淡野は悲鳴のような声を上げた。

「——カズイ？」

尾崎も驚いたように、淡野の顔を覗き込む。

「バ……ッカ、動くな、って……」

淡野は泣き声を上げるが、尾崎はそのせいで止まらなくなったように、もう一度抜き出した分を淡野の中に押し込んだ。

「……ッあ……ぁあ……っ」

自分がまた射精してしまったのか、それともしていないのか、淡野にはわからなくなった。ただ勃ち上がったものに触れられた時とは、まるで違う感覚が襲ってきて、自分でもどうしようもなくなる。

「も……駄目、無理……ッ……ゃ……」

切れ切れの泣き声を淡野が上げるたび、尾崎の動きがむしろ速くなる。

「カズイ……」

「な、名前とか、こんな、時、そんな声で……ッ」

愛しそうに自分を呼ぶ尾崎の声が恥ずかしくて、淡野は必死に相手を罵ろうとしたが、ほとんど言葉にならなかった。

喘ぎ声のようなものを漏らし、息を乱しきりながら、淡野は気づかないうち、自分からも体を揺らしてしまっている。

「……も……ほんと……無理だっ……ての……！」

途中で、自分でも何を言おうとしているのかわからなくなる。

わからないまま、淡野は体の中を掻き回す尾崎の熱を感じながら、二度目の絶頂を迎えた。

◇◇◇

途中で眠ってしまったらしい。

「何だ……寝てたのか……」

呟いた自分の声が嗄《か》れていて、ぎょっとする。驚いたせいで、ぼんやりしていた頭がはっきり覚醒した。

「あ、起きた」

まだホテルの中だった。淡野は仰向けにベッドに寝ていて、尾崎はその端に腰掛けて、ビールを飲んでいた。

「……すげぇ、サッパリしたような顔だな、おまえ……」

淡野は体は重いし、あちこち濡れていて気持ち悪いし、地味に痛む場所もあるしで、あまり爽快《そうかい》な気分とはいえなかった。

尾崎の方は、憑《つ》きものが落ちたように爽《さわ》やかな顔をしている。

「俺がつけた痕《あと》だらけのカズイのしどけない寝姿を見ながら酒を飲むのは、倖せだな、と……」

「……もう救いがたいド変態だなおまえ……」

言いながら、淡野はもぞもぞとベッドの上に体を起こす。

尾崎の手からビールを奪って、飲んでやった。喉《のど》が渇《かわ》いて仕方なかった。

「楽しかった……」

しみじみそんなことを言う尾崎を、殴る気力というか体力がなく、淡野は代わりにその裸の背中に力一杯凭《もた》れてやった。

「まあ、なら、よかった」

「カズイは?」

「……」

「言わなくてもわかるけど」

尾崎が笑って、淡野の手からビール缶を取り返す。

「ありがとな」

それから、そう言った。淡野は首を傾げる。

「何が？」

「いや、好きになってくれて」

「礼を言われる筋合いはない」

反射的に偉そうに言い返しつつ、淡野は尾崎に凭れたまま目を閉じた。

「でもまあ、言いたい気持ちはわかる。……俺も、ありがとな」

「……」

「根性あるよ、尾崎は。よくも長い間好きでいてくれたもんだ……」

「仕方ない。しつこいんだよ俺」

それは淡野にも、ついさっきまでの行為に関してもよくわかった。

「そうだな、おまけに変態だし、思い込み激しいし……」

「悪かったって」

苦笑する尾崎の方を見ないようにしながら、淡野は言《げん》を継《つ》ぐ。

「それでも好きだぞ。よかったな」

「……」

尾崎は黙り込んでしまった。

さすがに偉そうにもほどがあったかと、淡野は少々反省して顔を上げようとする。

だがそれより前に、振り返った尾崎にきつく抱き締められてしまった。

「ありがとな」

もう一度、尾崎が繰り返す。

淡野もそれを力一杯、抱き返してやった。

「おまえがしつこくて、思い込みが激しい変な奴で、本当によかった」

「そういう言い種はさすがにどうかと思うぞ」

抱き合いながら、またくだらない言葉の応酬《おうしゅう》を始めてみる。

目が覚めた時から、淡野は裸の自分と尾崎の姿に照れ臭くて仕方なかったが、それでもこれからもこんな感じで過ごせるのかと思ったら嬉しかった。

嬉しさを嚙《か》み締《し》めながら、淡野は尾崎と裸で抱き合ったまま、延々《えんえん》と言い争いを続けてしまった。

# エピローグ

一週間と空《あ》けずいつもの面子《メンツ》が集まるのは珍しい。

呼び出したのは淡野《あわの》だったが、無理に時間を作ったので、自分で決めておきながら馴染《なじ》みの居酒屋に足を運べたのは、予定を一時間半近くも過ぎた頃だった。

「全員揃《そろ》ってるかな？」

駅から店の道すがら、隣を歩く尾崎《おざき》が腕時計に視線を落としながら言った。

尾崎とは駅で待ち合わせた。別に先に店に行ってくれていてもよかったのだが、尾崎曰《いわ》く、「ひとりだといたたまれない」ということで、淡野の仕事が終わるのを待っていたのだ。

なるべく急いで居酒屋に辿《たど》り着《つ》いた時、田野坂《たのさか》や山辺《やまべ》、栗林《くりばやし》は座席にいた。すでにテーブルの上には料理の皿やビールのジョッキが並んでいる。一緒に現れた淡野と尾崎の姿に気づいて、三人揃って気軽に手を上げてくる。

「よー、お疲れー」

「ええと」

尾崎が、その酔っぱらいたちに向けて、神妙《しんみょう》な顔で口を開く。

淡野も尾崎の隣で、殊勝《しゅしょう》に彼らを見遣《みや》った。

「いろいろご心配とご迷惑をおかけしましたが——」

「あ、もう結構料理頼んじゃったけど、おまえら何か頼むなら早く選べよ。今日混んでるから、二時間しかここ使えないらしいぞ」

口上《こうじょう》を述《の》べようとする尾崎を遮《さえぎ》って、田野坂が淡野たちにメニューを手渡してくる。

「俺揚《あ》げ出《だ》し豆腐《どうふ》食べようかなあ」

「山辺まだ喰うの？　そろそろお茶漬《ちゃづ》けで締《し》めない？」

山辺と栗林も、もうひとつのメニューを眺めてあれこれ相談している。田野坂もそれに参加し出した。

「だったら俺スイーツいっていい？　パンナコッタ食べていい？　でも万が一太ったら離婚するって言われてるから、スイーツはやめた方がいいかなあ」

「じゃあこっちのシャーベットにすればいいじゃん、カロリー低いから」

「よく酒の後に甘いもの食べられんなあー」

自分たちはそっちのけ、何を追加注文するかで盛り上がっている三人に、淡野と尾崎はお互い目を見合わせた。

駅からここまでの道すがら、淡野は尾崎と、彼らに何と言って報告するか、割合真剣に話し合いながら歩いてきたのだ。

そもそも今日は、どうにか自分たちがうまくいったという報告と、それに改めての礼を彼らにしなくてはならないと、淡野と尾崎がふたりで相談して、友人たちを呼び出した。淡野と尾崎がふたりしてホテルにしけ込んでから数日、きっと全員、その後どうなったのか聞きたいだろうとも思って。

なのに彼ら全員、そんな報告よりも、もうすぐ注文が締め切られるから急いで追加メニューを決めなくては——ということに夢中になっている。

「ん？　何突っ立ってんだカズイも敦彦《あつひこ》も。座らないのか？　そろそろ三十分前だし、喰いもののラストオーダーだぞ」

ふたりして立ち尽くしている淡野たちに、山辺が不思議そうに呼びかけてきた。

もしかしたらこちらに気を遣わせないように努《つと》めて普段どおりに振る舞っているのか、と淡野は一瞬思ったが、そんな様子もまったくない。

「特別反応しろとは言わないけど、こうまでいつもどおりだと、悩みながら来たのがアホらしくなるな」

ぶつぶつ呟きながら座った淡野の声を聞き止めて、田野坂が怪訝《けげん》そうな顔で見返してきた。

「何が？」

「だから、俺と尾崎を見て」

栗林も、不思議そうに首を傾《かし》げている。

「だって淡野も尾崎も、何か変わったのか？」

「あ？」

淡野は眉を顰《ひそ》めるのに、田野坂も山辺も、栗林の言葉にうんうんと頷いている。

「どうせまたしょーもないことでケンカして、人目も憚《はばか》らずいちゃいちゃして、だろ？　まあ敦彦の長年の念願が叶ったのは幼馴染《おさなな　じ》みとして嬉しいけど、それもわかりきった結果だしなあ」

「な。マジメに悩んでたカズイとか尾崎には悪いけど、俺ら正直本気で心配とかしてないしな」

「こないだ村上《むらかみ》に話したら、『あいつらまた別れてまたくっついたのか、よく飽《あ》きないな』って呆《あき》れてたよ」

「……」

「……」

どうも不本意な評価を浴びている気がするが、好き放題言う三人に、淡野も尾崎も、うまい反論が思いつかなかった。

「……まあ、いいか。座るか」

諦《あきら》めて、淡野は尾崎と一緒に空《あ》いている席に座る。栗林が席を移動して、ふたりで並べるように椅子を空けてくれた。

「飲み物もまだいけんのか？　とりあえず生《なま》くれ生、喉渇《のどかわ》いた」

「カズイ、あんまり飲み過ぎるなよ。昨日もうちで結構飲んでたし、明日も仕事なんだろ、ジョッキやめとけ」

言った淡野に、尾崎がすかさず口を挟《はさ》む。淡野はそれを軽く睨んだ。

「うるせぇな、喉渇いたもんは仕方ないだろ」

「酒じゃなくて料理頼めよ、もっと肉つけてくれないと骨が当たっ——痛《い》て！　何もメニューの角《かど》で殴《なぐ》ることないだろ！」

「黙ってろよおまえは、ほんといっつもいちいちよけいなことを……」

いつもの調子で尾崎とやり合いかけた淡野は、ふと、田野坂たち三人が無言で自分たちの方を見ていることに気づいて、口を噤《つぐ》んだ。

自分たちの視線に気づいた淡野と尾崎に向けて、三人が三人とも、わざとらしく肩を竦《すく》め、首を振り、溜息をついている。

「な……何だよ」

その反応に怯《ひる》んで問い返した淡野に、山辺が重々しく告げる。

「こないだ置いてってもらった分じゃ足りないって、全員の見解《けんかい》が一致してな。今日はおまえの奢《おご》りだと思って、死ぬほど注文してるから」

淡野はテーブルに置いてある注文伝票に手を伸ばし、その金額を確認して、ぐっと喉が詰まった。

淡野と尾崎が店に来るまでの一時間半で、延々と、彼らは料理や酒を注文し続けていたらしい。どうりで全員がすっかり酔っぱらった風情《ふぜい》なはずだ。

「──俺も、半分出すから」

伝票を覗き込み、尾崎が、ポンと淡野の肩を手で叩く。

淡野はその手を振り払った。

「ったり前だバカ」

やけくそ気味に、伝票をテーブルに放り投げる。

「くそ、何本でも飲んでやる。タクシー代も出してやるから、今日はおまえら全員潰《つぶ》れるまでつき合えよ」

不機嫌な声で言いつつも、淡野は内心、笑い出したいくらいの気持ちになっていた。浮かれているみたいで恥ずかしいので、表には出さないが。

「尾崎も飲め」

「はいはい」

呆れたように頷きつつ、尾崎ももう文句は言わない。きっと淡野と同じ気分なのだ。

結局全員ビールを追加して、何にだかわからないものに乾杯する。

この店が閉まっても別の店に河岸《かし》を変えて、淡野は尾崎や他の奴らと一緒に、本当に潰れるまで飲み続けた。

# あとがき

渡海奈穂

最近よく悩む主人公ばかり立て続けに書いた気がするので、そろそろサッパリした人を主人公にしよう……と思ったんですが、サッパリ爽《さわ》やかというよりはただただいろんな部分が乱暴な人が主人公の話になってしまった気がします。渡海奈穂《わたるみなほ》と申します。何かひとこと入れてから名乗る形が、笑点《しょうてん》みたいだな、と気づいてから、あとがきの出だしが書《か》き辛《づら》くなってきました。

どうも恋愛＝悩む・辛《つら》いと自分にインプットされているらしく、悩まない人の恋愛話は書き辛いことこの上ありませんでしたが、そんでも淡野《あわの》が自分で気に入っていたので、この人を書くのはとても楽しかったです。尾崎《おざき》も、あと吉村《よしむら》も、その他友達も、ずいぶん楽しんで書きました。ので、読んでくださった方にも気に入っていただけると嬉《うれ》しいなあ。

そういえば、淡野の妹はキヨイ、弟はトモイという名前で、マルイという猫を飼っているという設定があったのですが、まったく本文中に出てくる余地《よち》がありませんでした。マルイは淡野のことが大好きで尾崎のことが大嫌いです、とか。淡野は尾崎に「俺とマルイどっちが好き？」って聞かれたら一瞬の躊躇《ちゅうちょ》もなく「マルイ」って答えるだろうなとか。「でも俺はマルイを好きなカズイも好きだ」「聞いてねえよ」とか。

マルイが尾崎のことを嫌いなのは、愛が重すぎるからだと思います。やたら撫《な》でてきたり抱き締めようとしてきたりするので鬱陶《うっとう》しがられている。淡野は猫に猫なで声で話しかけたり、構ったりをせず、たまに思いついたように魚を与えたりするので愛されています。

尾崎は淡野のことも好きだけど、マルイのこともまた大好きなので、「俺の方がカズイよりマルイを愛しているのに、なぜマルイは俺を嫌うのか」と深く苦悩したりしています。キヨイは「尾崎君はそういうところがダメだと思う」と内心考えているけれど、兄より優しいので、何も言わずにマルイの好きなおやつを尾崎に手渡してあげたりするのです。


尾崎の高校時代のいろんな夢はいろいろ潰《つい》えてしまったけど、タンスの中には自分の学ランや体操服が保管してあるので、この先楽しみが一杯《いっぱい》だな、と思っています。

淡野はそういう尾崎を心底アホだなあと呆《あき》れつつ、特に恋愛に関してタブーを持っていないので（羞恥心《しゅうちしん》は持ってるけど）、尾崎のそういう夢はこれからどんどん果たされることと思います。

という辺りを想像するとわたしもとても楽しいです……。体育のハチマキも取ってある。「あれ、これ俺のハチマキじゃねえか何で尾崎が持ってんだよ」とか。「そのハチマキで何をするつもりだ」とか。「ま、まさか水着をこんなふうに使うとは……！」「何で女子のブルマとか制服とか持ってんだよ本当に変態だなおまえは！」とか。

そんな妄想《もうそう》ばっかかして書いたこの話ですが、イラストの佐々木久美子《ささきくみこ》さんのおかげで、淡野も尾崎もすごく格好《かっこう》よくなって、う、嬉しいです……！　長いことファンでしたので、一緒にお仕事できると決まった時もすごく嬉しかったんですが、実際イラストのラフなど拝見《はいけん》した時は変な汁が出た。どうもありがとうございました。美しい！　美しい！

また、毎度根気《こんき》よく原稿を待ってくださり、励《はげ》ましてくれる担当M田さん（好きです……）、その他この本が作られる、売られるために関わってくださったみなさんにも、ありがとうございます。

何より、本を手に取って、読んでくださった方々に、心から感謝します。たまたま読んでくれた人も、いつも読んでるよって人も、本当にありがとうございます。

もしこの本が気に入ってくださいましたら、また別のところでもお会いできると嬉しいです。

ではでは。

渡海奈穂

www.eleki.com

DEAR+NOVEL

# 正しい恋の悩み方《ただしいこいのなやみかた》

この本を読んでのご意見、ご感想などをお寄せください。
渡海奈穂先生・佐々木久美子先生へのはげましのおたよりもお待ちしております。
〒113-0024　東京都文京区西片2-19-18　新書館
**[編集部へのご意見・ご感想]** ディアプラス編集部「正しい恋の悩み方」係
**[先生方へのおたより]** ディアプラス編集部気付　○○先生

**初　出**
正しい恋の悩み方：書き下ろし

新書館ディアプラス文庫


著者：**渡海奈穂** [わたるみ・なほ]
初版発行：**2008年 9 月25日**

発行所：**株式会社新書館**
[編集] 〒113-0024　東京都文京区西片 2-19-18　電話(03)3811-2631
[営業] 〒174-0043　東京都板橋区坂下 1-22-14　電話(03)5970-3840
[URL] http://www.shinshokan.co.jp/
印刷・製本：**図書印刷株式会社**

定価はカバーに表示してあります。乱丁・落丁本はお取替えいたします。
ISBN4-403-52197-3



SHINSHOKAN

渡海奈穂の
NOW ON SALE
ディアプラス文庫
恋になるなら
この気持ちを、
恋以外のなんと呼ぼう？
勤め先で中学の先輩・伴瀬《ばんせ》と再会した上村《かみむら》。
人付き合いの苦手な上村だが、
俺様な伴瀬とは急速に親しくなる。
だが悪戯《いたずら》でキスされた日から
伴瀬を意識してしまうようになり……？
渡海奈穂
Novel
富士山ひょうた
Illustration

晴れの日にも逢おう イラスト みずき健

**✿新堂奈槻** しんどう・なつき
君に会えてよかった①～③ イラスト 蔵王大志 (※③定価630円)
ぼくはきみを好きになる? イラスト あとり硅子
one coin lover イラスト 前田とも
タイミング イラスト 前田とも

**✿菅野 彰** すがの・あきら
眠れない夜の子供 イラスト 石原 理
愛がなければやってられない イラスト やまかみ梨由
17才 イラスト 坂井久仁江
恐怖のダーリン♡ イラスト 山田睦月
青春残酷物語 イラスト 山田睦月
なんでも屋ナンデモアリ アンダードッグ①② イラスト 麻生 海

**✿菅野 彰&月夜野 亮** すがの・あきら つきよの・あきら
おおいぬ荘の人々 全7巻 イラスト 南野ましろ (※②定価620円)

**✿砂原糖子** すなはら・とうこ
斜向かいのヘブン イラスト 依田沙江美
セブンティーン・ドロップス イラスト 佐倉ハイジ
純情アイランド イラスト 夏目イサク (※定価651円)
204号室の恋 イラスト 藤井咲耶
言ノ葉ノ花 イラスト 三池ろむこ
恋のはなし イラスト 高久尚子
虹色スコール イラスト 佐倉ハイジ

**✿たかもり諫也(魔守諫也 改め)** たかもり・いさや
夜の声 冥々たり イラスト 藍川さとる
秘密 イラスト 氷栗 優
咬みつきたい。 イラスト かわい千草

**✿玉木ゆら** たまき・ゆら
元彼カレ イラスト やしきゆかり
Green Light イラスト 蔵王大志

**✿月村 奎** つきむら・けい
believe in you イラスト 佐久間智代
Spring has come! イラスト 南野ましろ
step by step イラスト 依田沙江美

もうひとつのドア イラスト 黒江ノリコ
秋霖高校第二寮 全3巻 イラスト 二宮悦巳
エンドレス・ゲーム イラスト 金ひかる (※定価682円)
エッグスタンド イラスト 二宮悦巳
きみの処方箋 イラスト 鈴木有布子
家賃 イラスト 松本 花
WISH イラスト 橋本あおい
ビター・スイート・レシピ イラスト 佐倉ハイジ

**✿ひちわゆか** ひちわ・ゆか
少年はKISSを浪費する イラスト 麻々原絵里依
ベッドルームで宿題を イラスト 二宮悦巳
十三階のハーフボイルド① イラスト 麻々原絵里依 (※定価620円)

**✿日夏塔子(榊 花月)** ひなつ・とうこ
アンラッキー イラスト 金ひかる
心の闇 イラスト 紺野けい子
やがて鐘が鳴る イラスト 石原 理 (※定価714円)

**✿前田 栄** まえだ・さかえ
ブラッド・エクスタシー イラスト 真東砂波
JAZZ 全4巻 イラスト 高群 保

**✿松岡なつき** まつおか・なつき
【サンダー&ライトニング 全5巻】 イラスト カトリーヌあやこ
①サンダー&ライトニング
②カーミングの独裁者
③フェルノの弁護人
④アレースの娘達
⑤ウォーシップの道化師
30秒の魔法 全3巻 イラスト カトリーヌあやこ
華やかな迷宮 全5巻 イラスト よしながふみ

**✿松前侑里** まつまえ・ゆり
月が空のどこにいても イラスト 碧也ぴんく
雨の結び目をほどいて イラスト あとり硅子
空から雨が降るように 雨の結び目をほどいて② イラスト あとり硅子
ピュア1/2 イラスト あとり硅子
地球がとっても青いから イラスト あとり硅子
猫にGOHAN イラスト あとり硅子

その瞬間、ぼくは透明になる イラスト あとり硅子
籠の鳥はいつも自由 イラスト 金ひかる
階段の途中で彼が待ってる イラスト 山田睦月
愛は冷蔵庫の中で イラスト 山田睦月
水色ステディ イラスト テクノサマタ
空にはちみつムーン イラスト 二宮悦巳
月とハニーベア イラスト 二宮悦巳
Try Me Free イラスト 高星麻子
リンゴが落ちても恋は始まらない イラスト 麻々原絵里依
星に願いをかけないで イラスト あさとえいり
カフェオレ・トワイライト イラスト 木下けい子
プールいっぱいのブルー イラスト 夢花 李
アウトレットな彼と彼 イラスト 山田睦月
ピンクのピアニシモ イラスト あさとえいり

**✿真瀬もと** まなせ・もと
スウィート・リベンジ 全3巻 イラスト 金ひかる
きみは天使ではなく。 イラスト あとり硅子
背中合わせのくちづけ 全3巻 イラスト 麻々原絵里依
熱情の契約 イラスト 笹生コーイチ
上海夜想曲 イラスト 後藤 星

**✿渡海奈穂** わたるみ・なほ
甘えたがりで意地っ張り イラスト 三池ろむこ
ロマンチストなろくでなし イラスト 夏乃あゆみ
神さまと一緒 イラスト 窪スミコ
マイ・フェア・ダンディ イラスト 前田とも
夢は廃墟をかけめぐる☆ イラスト 依田沙江美
恋になるなら イラスト 富士山ひょうた
さらってよ イラスト 麻々原絵里依
正しい恋の悩み方 イラスト 佐々木久美子

# <ディアプラス小説大賞>
# 募集中！

トップ賞は必ず掲載!!

**賞と賞金**

**大賞・30万円**
**佳作・10万円**

## 内容

ボーイズラブをテーマとした、ストーリー中心のエンターテインメント小説。ただし、商業誌未発表の作品に限ります。

・第四次選考通過以上の希望者には批評文をお送りしています。詳しくは発表号をご覧ください。なお応募作品の出版権、上映などの諸権利が生じた場合その優先権は新書館が所持いたします。
・応募封筒の裏に、**【タイトル、ページ数、ペンネーム、住所、氏名、年齢、性別、電話番号、作品のテーマ、投稿歴、好きな作家、学校名または勤務先】**を明記した紙を貼って送ってください。

## ページ数

400字詰め原稿用紙100枚以内(鉛筆書きは不可)。ワープロ原稿の場合は一枚20字×20行のタテ書きでお願いします。原稿にはノンブル(通し番号)をふり、右上をひもなどでとじてください。なお原稿には作品のあらすじを400字以内で必ず添付してください。
小説の応募作品は返却いたしません。必要な方はコピーをとってください。

## しめきり

**年2回 1月31日/7月31日(必着)**

## 発表

1月31日締切分…小説ディアプラス・ナツ号(6月20日発売)誌上
7月31日締切分…小説ディアプラス・フユ号(12月20日発売)誌上
※各回のトップ賞作品は、発表号の翌号の小説ディアプラスに必ず掲載いたします。

## あて先

〒113-0024 東京都文京区西片2-19-18
株式会社 新書館
ディアプラス チャレンジスクール〈小説部門〉係